Pierre Gripari

Göttliche und andere Lügengeschichten

SERIE PIPER

Zu diesem Buch

Wer wollte sie nicht immer schon wissen, die Sache mit dem Weihnachtsmann? Der sitzt, so klärt der spöttische Melancholiker Gripari auf, in einem miesen Kabuff, während das Christkind eine ganze Etage belegt für Sekretariat, Management, Werbung und was so ein Youngster noch alles braucht, um sich wichtig zu machen. Was bleibt dem alten Rauschebart da anderes, als über den Rotzlöffel zu murren, der ihm die Zuwendung der Kinder streitig macht, und seinen Frust im Alkohol zu ertränken? – So vergnüglich und augenzwinkernd, voll sprühender Einfälle, wie diese Wahrheit über den Weihnachtsmann, lesen sich auch die dreizehn weiteren Geschichten des Bandes, die sich immer wieder um göttliche und höllische Wesen ranken, um kleine Monster, Vampire und Märchengestalten. Eine witzige, hintersinnige Lektüre, die phantasievoll den Blick auf die Wirklichkeit schärft.

Pierre Gripari, am 7. Januar 1925 in Paris geboren und am 23. Dezember 1990 dort an den Folgen einer Operation gestorben, war ein melancholischer Satiriker, Erzähler, Poet, Romancier, Stückeschreiber und Philosoph. Er lebte als Angestellter in Paris, war homosexuell und von 1950 bis 1956 Kommunist.

Pierre Gripari

Göttliche und andere Lügengeschichten

Aus dem Französischen von
Cornelia Langendorf

Ausgewählt und herausgegeben von
Jean-Jacques Langendorf

Piper München Zürich

Von Pierre Gripari liegt in der Serie Piper außerdem vor:
Kleiner Idiotenführer durch die Hölle (2244)

Unveränderte Taschenbuchausgabe
R. Piper GmbH & Co. KG, München
November 1996

Umschlag: Büro Hamburg
Simone Leitenberger, Susanne Schmitt, Andrea Lühr
Umschlagabbildung: Lane Smith
Satz: Wirth, München
Druck und Bindung: Clausen & Bosse, Leck
Printed in Germany ISBN 3-492-22245-5

Inhalt

Der göttliche Gemahl

An jenem Nachmittag im Schloß Sanssouci trank der Preußenkönig Friedrich II. Kaffee mit dem französischen Philosophen Voltaire. Wieder einmal gaben sich die beiden Männer ihrer Lieblingsbeschäftigung hin: *écraser l'infâme*.
– Etwas geht mir im Kopf herum, sagte der König versonnen.
– Und was ist das, wenn Euer Majestät die Frage gestatten?
– Ein kleines theologisches Problem ... Aber das langweilt Sie vielleicht?
– Was sagen Euer Majestät da? Die Theologie mich langweilen? Aber ganz im Gegenteil, sie interessiert mich brennend! Sie ist meine Speise, mein Trank, mein tägliches Brot. Ich könnte nicht leben ohne sie!
Der König sagte augenzwinkernd:
– Dabei geht das Gerücht, Sie seien ein Abtrünniger ... ein Gottloser ...
– Das sind böse Zungen, die so etwas behaupten, Majestät. Ich haber viele Feinde.
Der König setzte seine Tasse nieder:
– Gut, wenn Sie darauf bestehen... Hier ist mein Problem: Den Nazarenern zufolge war Jesus ein menschgewordener Gott, nicht wahr?
– Ja, das behaupten sie.
– Und dieser Gottmensch soll sein Leben lang keusch geblieben sein?
– Das sagen sie in der Tat.

– Aber dann hat er ja gemogelt! Wenn er sich weigerte, seine Manneskraft zu betätigen, war er nur ein halber Mensch! Er hat das Menschsein nicht zur Gänze auf sich genommen! ... Ich frage mich nun, ob hier nicht der Grund für den offenkundigen Fehlschlag seines Erlösungswerks liegt! Wir sind uns doch einig: Wäre die Erlösung gelungen, wäre die Menschheit gerettet worden, hätte das Lamm Gottes die Sünden der Welt hinweggenommen, müßte man wohl etwas davon bemerkt haben, nicht wahr? Hier und da hätte sich doch irgendetwas verändert, meinen Sie nicht?
– Gewiß.
– Also was halten Sie davon?
Voltaire setzte seinerseits die Tasse nieder und antwortete etwas verlegen:
– Das Argument Eurer Majestät wäre äußerst triftig, wenn Christus tatsächlich enthaltsam geblieben wäre. Aber leider...
– Wie! unterbrach der König, Sie werden doch nicht behaupten, daß er je die Sünde der Fleischeslust begangen hätte?
– Doch, das behaupte ich und kann es sogar beweisen, wenn Majestät dies wünschen.
– Und ob ich das wünsche!
Voltaire nahm seine Tasse, trank einen Schluck, setzte sie nieder.
– Jesus hat den Geschlechtsakt zumindest einmal vollzogen. Wohlgemerkt nicht während seines kurzen Lebens in Palästina, sondern nach seiner Auferstehung, vor nicht allzu langer Zeit. Ob das nun eine Sünde war...
Die Augen des Königs glitzerten vor Erregung:
– Ich bin wirklich neugierig auf diese Geschichte!
– Ich vergaß, sagte der Philosoph, daß Eure Majestät wichtige Geschäfte haben. Ich raube vielleicht Ihre Zeit...
– Ich habe noch zwanzig Minuten. Fassen Sie sich kurz.

– Wie Majestät befehlen ... Meine Geschichte trug sich in Paris zu, vor, sagen wir, ein paar Dutzend Jahren. Ein Edelmann, dessen Namen ich verschweigen möchte, hatte zwei erwachsene Kinder, einen Jungen und ein Mädchen. Er war Witwer und hatte sein gesamtes Vermögen verspielt. Seine Güter waren verpfändet, die Gläubiger wurden unruhig, unverschämt, unerbittlich ... Kurz, er hatte kaum noch mehr als seinen Adelstitel. Mit dem Wenigen, das ihm verblieb, kaufte er eine Kompanie für seinen Sohn, der wenige Jahre später tapfer in königlichen Diensten fiel. Seine Tochter hätte er mit einem reichen Bürger verheiraten können, wären da nicht seine Standesvorurteile gewesen: er hatte eine sehr hohe Meinung von den Vorrechten seines Geschlechts und fürchtete die Mesalliance mehr als die Syphilis. Aufgrund einer sonderbaren Verirrung zog er es vor, seine Tochter nicht etwa dem Sohn eines Steuerpächters oder Parlamentsrats zu geben, sondern einem Mann aus dem Volk, einem kleinen jüdischen Zimmermann, von dem gemunkelt wurde, er sei der Bastard eines Gottes ...
– Kurz, er steckte seine Tochter ins Kloster. Erzählen Sie schneller.
– Ich tue mein Bestes. Aber vielleicht wollen Euer Majestät die Fortsetzung lieber morgen hören?
– Nein, nein, weiter, aber beeilen Sie sich.
– Ich habe wirklich Bedenken, Eurer Majestät kostbare Zeit ...
– Zum Teufel, machen Sie weiter!
– Gut, nachdem Majestät darauf bestehen ... Unser Edelmann wollte also eine Nonne aus seiner Tochter machen. Die Arme hatte leider nicht die geringste Berufung. Sie war sehr hübsch, charmant, begabt, ein sonniges Gemüt. Sie flehte ihren Vater an, sie zu verheiraten, selbst ohne Mitgift, selbst an einen Bürgerlichen, anstatt sie der Welt

sterben zu lassen. Aber weder ihre Tränen noch ihre Bitten vermochten den Vater zu rühren. Nun versuchte sie es mit Drohungen: »Wenn Ihr mich zwingt«, sagte sie, »werde ich tagtäglich Gott lästern, so daß er mich verdammt und Euch mit mir, Herr Vater, da Ihr die Schuld an meiner Verdammnis tragen würdet.«

– Braves Kind!

– Aber selbst angesichts dieser Drohung gab der Vater nicht nach. Er war christlich genug, um seine Tochter unglücklich zu machen, aber doch nicht bigott genug, um für sein Seelenheil zu fürchten.

– Das erinnert mich an jemanden, sagte Friedrich.

– Mich auch, an mehrere Leute. Kurz, der Armen blieb nur die Wahl zwischen einem Skandal und dem Gehorsam. Da sie wohlerzogen war, entschloß sie sich für den Gehorsam. Von heute auf morgen, mit einer Plötzlichkeit, die sogar ihren Vater verblüffte, unterwarf sie sich und legte die Gelübde mit soviel Sanftmut und Fügsamkeit ab, daß jedermann erbaut war...

– Die Kleine enttäuscht mich.

– Warten Sie nur! Sie nahm also den Schleier, und zwar unter dem Namen Schwester Maria vom Göttlichen Gemahl – welchen Namen sie wohlgemerkt selbst gewählt hatte. Um niemandem zu nahe zu treten, werde ich weder den Orden noch die Gemeinde nennen.

– Darauf kann ich verzichten.

– Majestät müssen jedoch wissen, daß sie einen sehr strengen Orden mit einer äußerst harten Regel gewählt hatte. Man pflegte dort die Ewige Anbetung, das heißt, die Nönnchen lösten einander Tag und Nacht vor dem Hochaltar ab, wie die Langen Kerls vor der Tür Eurer Majestät, damit das Allerheiligste nicht eine Minute lang unangebetet bliebe. Auch die öffentliche Beichte vor versammeltem Konvent wurde geübt. Mit einem Wort, es war, als ob die

göttliche Gnade über das schöne Kind gekommen wäre.
– Na, und dann? Was geschah dann?
– Was dann geschah, war ein unerhörter Skandal, beispiellos in den Annalen der Christenheit.
– Aha! Endlich!
– Als sie zum ersten Mal beichten sollte, erschien Schwester Maria vor dem Kapitel und fragte die Mutter Oberin, ob sie sich als Gemahlin Christi betrachten könne.
– Und das wurde bejaht?
– Das wurde bejaht. Daraufhin ergriff sie neuerlich das Wort und verlangte ruhig, aber bestimmt die Aufhebung ihrer Ehe wegen Nichtvollzugs, da Jesus aus unerklärlichen Gründen seine ehelichen Pflichten ihr gegenüber nicht erfüllt habe.
– Teufel! Und ... hat man das gelten lassen?
– Majestät geruhen zu scherzen... Man sperrte sie ein, bei Wasser und Brot, und der ganze Konvent mußte Tag und Nacht für ihre Umkehr beten. Bei jedem Gottesdienst wurde ihrer eigens gedacht, und die Nönnchen, die vor dem Allerheiligsten Posten standen, schlossen sie in ihre Gebete ein. Es war eine Art Belagerungszustand. Schwester Maria jedoch blieb unerschütterlich. Jeden Morgen ging die Mutter Oberin in ihre Zelle, wo sie die junge Aufrührerin jeden Morgen mit demselben Satz empfing: »Mutter Oberin, ich bin immer noch Jungfrau, mein Gemahl verschmäht mich, ich verlange die Aufhebung meiner Ehe.«
– Was für ein Dickkopf!
– So ging das eine Woche, einen Monat, zwei, drei Monate, und die ganze Zeit über lösten die Nonnen einander ab, um den Himmel zu überrumpeln und ihn an den Fall der Schwester Maria zu erinnern...
– Sie dürften ihr dankbar gewesen sein! Weiter?
– Wie ungeduldig Euer Majestät sind! Eines Morgens

schließlich, es war die erste Woche des vierten Monats, fand die Mutter Oberin zu ihrer Überraschung Schwester Maria auf den Knien in ihrer Zelle, in Tränen aufgelöst, reumütig und überglücklich. Mit ekstatischer Stimme berichtete sie, daß ihr gegen drei Uhr nachts der auferstandene Jesus leibhaftig erschienen sei und endlich die Ehe vollzogen habe. Sie bereute ihre Glaubensschwäche und bekräftigte ihr Gelübde. Man stellte fest, daß sie nicht mehr Jungfrau war...

– Der Gärtner vielleicht?

– Nein, niemand hatte nachts ihre Zelle betreten, außerdem gab es kein männliches Wesen, weder Mensch noch Tier, innerhalb der Klostermauern.

– Was sagte die Oberin?

– Sie beschloß, die Sache geheimzuhalten. Ein Wunder war geschehen, gewiß, aber dieses Wunder konnte ein schlechtes Beispiel geben und durfte nicht benannt werden, schon gar nicht in einem Kloster voller Gemahlinnen Christi, die noch unberührt waren und es bleiben sollten... Das Geheimnis wurde daher gewahrt. Es hieß, Schwester Maria vom Göttlichen Gemahl sei von der Gnade erleuchtet worden und habe ihre Verwirrung eingesehen. Dann sprach man nicht mehr darüber.

– Ist das alles?

– Oh nein, man sprach doch noch darüber! Am selben Morgen bekannte eine Nonne bei der allgemeinen Beichte, während ihrer Wache vor dem Altar eingeschlafen zu sein, anstatt wie vorgeschrieben zu beten. Wenigstens glaubte sie, eingeschlafen zu sein, denn was sie gesehen hatte, war so unerhört, daß es ein Traum sein mußte, wenn sie sich auch nicht erinnerte, aufgewacht zu sein.

– Und was hatte sie gesehen?

– Nun, sie verharrte kniend im Gebet, als sie gegen drei Uhr morgens plötzlich bemerkte, daß das mächtige Kreuz über dem Altar leer war. Das Kreuz war zwar da, aber der Leib Christi fehlte. An seiner Stelle war das Holz stumpf, staubig, als ob man den Gekreuzigten gerade abgenommen hätte. Bei diesem Anblick schlug sie die Augen nieder und betete noch inbrünstiger...

– Das kann man verstehen!

– Etwas später, gegen vier Uhr, schien es ihr, daß sich das Licht veränderte. Sie hob den Kopf und sah ... raten Sie!

– Spannen Sie mich nicht auf die Folter!

– Sie sah den hölzernen Christus in der Luft durch die Kapelle gehen. Ohne Eile kehrte er zu seinem Kreuz zurück, lehnte sich daran, nahm seine Stellung wieder ein und rührte sich nicht mehr, nachdem er dem Nönnchen zugelächelt hatte.

– Und was tat sie?

– Nichts. Was konnte sie tun? Schlag vier Uhr wurde sie von einer ihrer Gefährtinnen vor dem Hochaltar abgelöst und ging schlafen. Soweit ihre Beichte.

– Ich nehme an, daß sie bestraft wurde?

– Gewiß! Sie mußte Buße tun, weil sie ihrer Schläfrigkeit nicht widerstanden hatte, und sie fand das ganz in Ordnung.

– Ist das jetzt alles?

– Noch nicht ganz. Ein paar Monate später erkrankte Schwester Maria vom Göttlichen Gemahl an Wassersucht. Man gab ihr eine entlegene Zelle und pflegte sie so gut, daß sie mit Gottes Hilfe genas... Zu jener Zeit vertraute die Oberin ein Findelkind unbekannter Herkunft einem gewissen Herrn Arouet an, der es adoptierte.

– Sie sagten: Arouet?

– Nun ja, Majestät, Herrn Arouet. Ich wollte es nicht sagen, es ist mir entschlüpft... Sie kennen jetzt das Geheimnis meiner Geburt. Ich vertraue auf Ihre Verschwiegenheit...

Wortlos richtete sich der König in seinem Sessel auf, wurde

puterrot, schüttelte den Kopf und glaubte einen Augenblick, vor Lachen ersticken zu müssen. Als er wieder zu Atem gekommen war, sagte er:
– Eigentlich weiß niemand außer der Oberin und Schwester Maria selbst von dieser Geschichte?
– Niemand, Majestät.
– Aber wer hat sie Ihnen dann erzählt?
– Wie kommen Majestät darauf, daß sie mir erzählt worden sei? fragte der Philosoph lächelnd.
Der König schüttelte wieder den Kopf, machte eine Handbewegung, als ob er eine Fliege verscheuchen wollte und brach wieder in Gelächter aus, bis ihm die Tränen in die Augen traten. Dann zog er seine Uhr und erhob sich.
– Ich habe mich verspätet, aber ich bereue es nicht. Danke für Ihre Geschichte, Sie können gewiß sein, daß sie unter uns bleibt.
Doch als Voltaire den Raum verlassen wollte, rief er ihn zurück:
– Einen Moment noch, bitte!
– Zu Diensten...
– Etwas beschäftigt mich... Sie sind also der Sohn von Jesus Christus und Schwester Maria?
– Ich hatte die Ehre, dies Eurer Majestät anzudeuten...
– Über Jesus Christus wäre dann der Heilige Geist Ihr Großvater und die Jungfrau Maria Ihre Großmutter?
– So ist es.
– Und über den Heiligen Geist wäre Ihr Urgroßvater...
– Gottvater persönlich, jawohl, Majestät.
– Und die Urgroßmutter?
– Ich habe bereits daran gedacht, sagte der Philosoph. Wenn Euer Majestät, wie ich vermute, das *filioque* gelten lassen, ist meine Urgroßmutter der Sohn, die zweite Person der Heiligen Dreifaltigkeit, also wiederum Jesus Christus.

– Das habe ich befürchtet... Kurz, der Sohn Gottes ist gleichzeitig...
– Mein Vater und meine Urgroßmutter, jawohl, Majestät.
– Ach! Schöne Verhältnisse! sagte der König von Preußen und wandte sich ab.

Monsterchen

Es begann gerade zu tagen, als Monsterchen mit schreckgeweiteten Augen erwachte und zu schreien anfing. Gleich darauf ging die Atomizität an und die beiden verschlafenen Fratzen von Papa Monster und Mama Monster beugten sich über sein Lager.

– Ist ja gut, sagte Mama Monster, während sie den Kleinen mit ihrem wabbelnden Rüssel streichelte, es ist schon vorbei...

– Was hat er bloß? fragte Papa Monster mit zerzaustem Kamm.

– Sicher hat er schlecht geträumt... Weine nicht mehr, mein Kind, und erzähle uns, was du geträumt hast.

– Es war ... so schrecklich ... schluchzte Monsterchen. Ich bin ein ... Menschenbaby geworden!

– Ein Menschenbaby? Aber das ist doch nicht wahr, du siehst es ja...

– In meinem Traum war es wahr, schniefte Monsterchen. Ich habe einen Menschenpapa und eine Menschenmama gehabt, ohne Kamm, ohne Hörner, ohne Rüssel, mit nur einer spitzen kleinen Nase in einem platten Gesicht.

– Mein Gott! rief Papa Monster aus, den bei dieser Horrorvision unwillkürlich schauderte.

– Und das ist noch nicht alles! Meine Menschenmama hat zwei Euter an der Brust gehabt und mich gezwungen, daran zu saugen!

– Aber das ist ja ekelhaft! schrie Mama Monster. Wo nimmt das Kind das nur her? ... Denk nicht mehr daran, schlaf jetzt. Du brauchst keine Angst zu haben, wir sind ja da...

Und sie begann, das Monsterwiegendlied zu grunzeln. Ein paar Minuten später schlief der Kleine in den bekrallten Stümpfen seiner Gebärerin, die ihn sachte einwiegte.

– Es ist auch deine Schuld, sagte Mama Monster, als sie ins Bett zurückkroch. Wenn du nicht immer die Menschengeschichten erzählen würdest...

– Aber, mein Schatz, er weiß doch genau, daß es Menschen nicht gibt!

– Trotzdem! Das macht ihm Angst. Das Ergebnis hast du ja gesehen!

– Ach wo, sagte Papa Monster und drückte auf den Atomknopf. Morgen denkt er nicht mehr daran.

Aber Monsterchen dachte daran, nicht nur am nächsten Abend und in der darauffolgenden Nacht, sondern noch viele, viele Nächte danach...

*

– Der Fall ist eindeutig, sagte Dr. Ungeheuer. Ihr Kind leidet unter Diplobie.

– Diplobie? Was ist das?

– Diplobie, sagte der Doktor, während sein Schuppenschwanz wogte, kommt von dem griechischen Wort *diploss,* das »doppelt« bedeutet: Ihr Kind führt ein Doppelleben.

– Ein Doppelleben? Wie das?

– Ich erkläre es Ihnen. Jede Nacht lebt ihr Kind im Traum in einer fiktiven, aber durchaus zusammenhängenden Welt, und seine Träume sind Fortsetzungen, so daß ein zweites Leben parallel zu seinem wirklichen entsteht. Diese Krankheit kommt ziemlich häufig vor, nicht nur bei uns, sondern auch bei den Tieren. Es gibt diplobische Einhörner, Drachen, Sirenen. Es wird sogar von einem Schmetterling namens Dschuang-Dsi berichtet, der sich im Traum für einen chinesischen Philosophen hielt...

– Und ... ist das schlimm?

– Nein, nicht sehr, aber manchmal langwierig. Man behandelt diese Krankheit durch mesohypnotische Suggestion. Man suggeriert dem Patienten, er solle in seiner Traumwelt seinen Hals riskieren oder Selbstmord begehen. Das ist das einzige Mittel, ihn davon zu befreien.

*

Die Kur begann. Jeden Abend kam Dr. Ungeheuer zu dem kleinen Patienten und suggerierte ihm die richtige Verhaltensweise, um in der Menschheit zu sterben. Tags darauf erzählte ihm das Kind, was es im Traum der vorigen Nacht gemacht hatte: es hatte mit Streichhölzern gespielt, Gift geschluckt, war auf einen Schrank geklettert und heruntergefallen – aber ergebnislos. Der menschliche Doppelgänger von Monsterchen war von entmutigender Vitalität.

– Warten wir, bis er älter wird, sagte der Doktor.

Die Jahre vergingen. In seinem Nachtleben wurde Monsterchen größer, man schickte es in die Schule, dann zum Militär. Den Anweisungen des Arztes folgend, erwies es sich als schlechter Schüler, aber als hervorragender Soldat. Als in der Menschenwelt der Krieg ausbrach, glaubte der Doktor, gewonnenes Spiel zu haben.

– Du wirst ein Held sein, verstanden? Du wirst dich freiwillig den Kugeln aussetzen, bis dich eine trifft oder bis dir eine Granate auf den Schädel fällt.

– In Ordnung, sagte Monsterchen, das gesund werden wollte.

Aber ach! Erst nach vier Jahren traf eine Traumgranate den Schützengraben des Doppelgängers, doch er hatte ihn

wenige Sekunden zuvor verlassen. Und um das Unglück voll zu machen, hörte der Krieg bald danach auf.
– Pech gehabt, sagte Dr. Ungeheuer. Von jetzt an wirst du mir von Politik träumen. Du gründest eine antidemokratische Minderheitspartei und versuchst, die Regierung deines Landes zu stürzen.
– In Ordnung, sagte der Patient.
Im Traum gründete er eine kleine reaktionäre Partei, die im Gegensatz zu allen Modeströmungen stand: sie war militärisch, nationalistisch, revanchistisch und predigte die materielle und moralische Aufrüstung. Er sagte der bestehenden Ordnung den Kampf an, agitierte, propagierte, konspirierte – und kam keineswegs um dabei, sondern gewann die Wahlen und wurde Diktator seines Traumlands.
– Das ist wirklich das erste Mal, sagte Dr. Ungeheuer, daß ich eine derartige Vitalität in der Zweitexistenz eines Diplobikers selbst erlebe! Seit dem Monster Alexander und dem Greifen Bonaparte ...
– Was soll nur aus uns werden? jammerten die Eltern. Mit über fünfzig Jahren ist unser Sohn noch nicht geheilt!
– Beruhigen Sie sich, die Sache ist nicht aussichtslos. Die durchschnittliche Lebenserwartung eines Monsters beträgt 500 000 Jahre, die der Traummenschen nach Auskunft Ihres Sohnes nicht einmal ein Jahrhundert. Er wird ganz sicher gesund werden, aber man muß ihm dabei helfen.
– Wie?
– Ganz einfach: jetzt, wo er ein Staatschef ist, muß er einen Krieg anfangen, ihn verlieren und daran sterben. Ich werde mich darum kümmern.
Er wandte sich zu Monsterchen:
– Sag mal, wer ist am mächtigsten in deiner Traumwelt?
– Die Juden, antwortete Monsterchen, ohne zu zögern.
– Die Juden? Gut. Ist ihr Land weit von dem deinen entfernt?

– Sie haben kein Land. Sie sind in allen Ländern.
– Auch in deinem?
– Auch in meinem.
– Dann läßt du alle umbringen, die in deinem Land leben. Und welche sind die mächtigsten Völker im Ausland?
– Die Engländer, die Franzosen, die Amerikaner, die Russen...
– Die provozierst du alle, auf jede nur mögliche Weise, bis sie dir den Krieg erklären, Verstanden?
– Verstanden. Aber das wird nicht leicht sein, weil sie sich untereinander auch nicht leiden können...
– Das macht nichts, das kriegst du schon hin. Sie müssen sich unbedingt gegen dich verbünden, dein Land besetzen und dich töten.
– Ich werde mir alle Mühe geben, versprach Monsterchen.

*

Und Monsterchen gab sich alle Mühe.
Es dauerte allerdings noch lange, sehr lange, denn er hatte unwahrscheinliches Glück bei seinen nächtlichen Unternehmungen. Er brauchte mehrere Jahre, um einen Krieg vom Zaun zu brechen. Dann gewann er zahllose Schlachten, eine nach der anderen, die sich über gewaltige Räume erstreckten und jeweils das Territorium einer ganzen Nation umfaßten...
Endlich konnte das fast sechzigjärige Monsterchen von den ersten Niederlagen seines Doppelgängers berichten. Auf diese Niederlagen folgten zwar neue Siege, doch dank der Hartnäckigkeit des Doktors und der Findigkeit seiner Suggestionen glichen die Verluste allmählich die Gewinne aus und übertrafen sie dann sehr rasch. Zwanzig verbündete Mächte fielen schließlich in das Land des menschlichen Doppelgängers ein und überzogen es mit Feuer, Vernichtung und Massaker.

In einer letzten Nacht endlich träumte der Patient, er habe sich mit seiner Traumfrau und den letzten Getreuen in den Keller eines brennenden Gebäudes geflüchtet, in einer zerbombten Stadt, und er habe sich vergiftet... Wenige Augenblicke später gab es die furchtbare Menschenwelt nicht mehr.

Das Kind (denn in den Sechzigern ist man noch ein Kind) war geheilt. Es träumt jetzt nur noch normale Träume, ohne Fortsetzungen.

Dr. Ungeheuer, der behandelnde Arzt, hat diese Kur in einem bemerkenswerten Buch beschrieben, das man in der Nationalbibliothek von Monstropolis einsehen kann.

Der undankbare Bettler

Selbstverständlich wußte ich das alles.

Ich wußte, daß in unserer Zeit der frenetischen Kollektivierung, der Massenverstaatlichung und der Sozialhysterie eine monströse Aufblähung des Steuerwesens zu erwarten war. Ich wußte, daß die berüchtigte, von den Historikern vielgeschmähte Salzsteuer im Vergleich zu unserer Mehrwertsteuer eine Bagatelle war und daß sich der moderne Staat bedroht fühlt, sobald nur ein lumpiger Franc die Tasche wechselt, ohne ein Drittel seines Wertes eingebüßt zu haben. Ich wußte auch, daß jede Privatinitiative, sei es in der Industrie, im Handel, in der Wissenschaft oder in der Kunst systematisch abgewürgt wird, mit Steuern, Abgaben, Sozialversicherungsbeiträgen und Gebühren, und daß die Arbeit heutzutage ein »mit einer Geldstrafe zu belegendes Delikt« geworden ist, um einen unserer großen Schriftsteller zu zitieren.

Ich wußte außerdem, daß sich die Jugendlichen mehr und mehr sträuben, einen Beruf zu ergreifen, und stattdessen lieber einen Lebensunterhalt suchen, der vom Fiskus noch nicht bestraft wird, etwa Landstreicherei, chronische Krankheit, Prostitution, Bettelei oder Diebstahl.

Schließlich habe ich kürzlich erfahren, daß unsere republikanische Regierung im Bewußtsein des aus dieser Sachlage resultierenden Gewinnentgangs geeignete Maßnahmen ergriffen hat: die Bettler, Clochards, Diebe, Prostituierten beiderlei Geschlechts wurden ihrerseits aktenmäßig erfaßt und mit Steuernummern versehen, um sie offiziell »den anderen Kategorien der erwerbstätigen Bevölkerung gleichzustellen« (sic) und sie »am sozialen Fortschritt teilhaben zu lassen« (sic!).

All das also wußte ich. Aber zwischen wissen und wissen besteht ein gewaltiger Unterschied. Zwischen der Kenntnis einer Sachlage und der erlebten Wirklichkeit, wie mir das zugestoßen ist, klafft ein Abgrund!

Ich habe folgendes erlebt:

Ich befand mich in der Durchgangshalle der Metrostation Maréchal Pétain-Gare de l'Est. Ich war gerade aus der Linie Landru-Guevara ausgestiegen und wollte umsteigen in Richtung Pantin-Maurice Thorez. Wie immer während der Stoßzeiten wimmelte es in der Halle von professionellen Bettlern: kabylische Frauen vom harten Gebirgstyp, die auf ihren Knien Kleinkinder zur Schau stellten; Schwarzafrikaner in Pelzmützen russischer Art, die pseudofolkloristischen Ramsch feilboten; amerikanische Hippies, die polyglotte Sprüche auf den Boden geschrieben hatten, in denen sie »food and money« verlangten, um auf unsere Kosten ihre Vergnügungsreisen fortzusetzen; Sänger ohne Stimme, Akkordeonspieler ohne Gehör, sogar ein alter Tippelbruder, dessen einziger Anspruch auf Almosen in einem Tonband bestand, mit dem er die Passanten betäubte und das er zwischen den Zügen abstellte, wenn die Halle leer war... Kurz, ein aufdringlicher, gieriger, lästiger und behindernder Schwarm, dessen Präsenz allein schon eine Beleidigung für die armen Teufel darstellte, die ihre und seinen Lebensunterhalt mit ehrlicher Arbeit verdienten.

Ich gebe seit langem nichts mehr. Ich glaube, schon genug zu tun, wenn ich die Anwesenheit dieser Schmarotzer ertrage, ihre Behinderung des Verkehrs, ihren ohrenbetäubenden Lärm, gar nicht zu reden von meinem Ärger und dem schlechten Gewissen, das sie mir beizubringen versuchen... Eines dieser Wracks jedoch ließ mich langsamer gehen. Es war ein alter Mann mit leeren Händen. Er war ärmlich gekleidet, ohne Absicht, ohne Stil, ohne Künstelei – arm und korrekt. Er sang heiser, aber richtig die wunderschöne *Complainte de la Butte,* deren Verfasser ich nicht kenne, die ich aber im Ernst für eines der schönsten Chansons der Nachkriegszeit halte:

> Petite mendigote
> Je sens ta menotte
> Qui frôle ma main ...[1]

Fairerweise gestand ich mir ein, ihm etwas schuldig zu sein, nachdem ich stehengeblieben war und zugehört hatte. Ich zog daher meine Geldbörse, nahm einen Franc heraus, legte ihn in die offene Hand des Mannes und ging weiter, als er mich zurückrief. Es folgte der nachstehende Dialog:
– Monsieur! He! Monsieur!
– Ja? Was ist?
– Was haben Sie mir da gegeben?
– Na, einen Franc!
– Sie haben sie wohl nicht alle? Was soll ich mit einem Franc?
– Meine Güte ... Tun Sie damit, was Sie wollen.
– Ist Ihnen klar, daß ich davon Mehrwertsteuer, Sozialversicherung und Einkommensteuer bezahlen muß?
Die Umstehenden lachten. Ich spürte, daß ich errötete:
– Entschuldigen Sie, das wußte ich nicht ... Wenn das so ist, behalte ich ihn.
– Das könnte Ihnen so passen! Das wäre noch schöner! Sie hatten die Absicht, etwas zu geben, nicht wahr? Das ist dann ein stillschweigender Vertrag. Ich habe Zeugen! Der Neger hier links und der Student aus Israel rechts haben Sie gesehen! Sie gehören zur gleichen Gewerkschaft wie ich!

1 Kleine Bettlerin/ich spüre dein Händchen/das meine Hand streift...

Versuchen Sie nur, sich zu drücken, ich hänge Ihnen einen Prozeß an, da können Sie Gift darauf nehmen! Was die Leute bloß im Hirn haben?
– Schon gut, schon gut, machen Sie kein solches Geschrei... Wieviel wollen Sie?
– Mindestens zehn Francs! Sonst brauchen Sie gar nicht erst zu geben.
– *Wieviel* haben Sie gesagt?
– Zehn Francs! Sind Sie vielleicht taub? Unter zehn Francs zahle ich drauf.
– Und wenn ich die zehn Francs nicht habe?
– Haben Sie einen gültigen Landstreicherausweis?
– Nein. Warum?
– Weil ich Sie dann verhaften lasse. Wenn Sie nicht mindestens zehn Francs in der Tasche haben, brauchen Sie einen Gewerbeschein als Landstreicher.
– Schon gut, da sind Ihre zehn Francs... Leben Sie wohl.
– Halt! Nicht so eilig! Und die Formalitäten?
– Welche Formalitäten?
– Hier, da müssen Sie unterschreiben. Und da setzen Sie Namen und Adresse ein...
– Wozu?
– Das ist die Erklärung für das Finanzamt. Und jetzt geben Sie mir 3 Francs 72.
– Wieso 3 Francs 72? Ich habe Ihnen gerade 10 Francs gegeben!
– Das macht 13 Francs 72 mit den Sozialabgaben und der Gewerbesteuer. Sie bilden sich doch nicht ein, daß ich die für Sie bezahle? Ich, ich habe kein Einkommen, ich arbeite nicht! Ich bin kein verblödeter Gehaltsempfänger!
– Ich habe kein Kleingeld.
– Ich auch nicht. Tun Sie was, wechseln Sie. Der Neger hat die Taschen voll davon!

– Nein, nein, da haben Sie noch zehn Francs, behalten Sie den Rest.
– Das ist ja die Höhe! Sie wissen wohl nicht, was Sie wollen! Wenn Sie zwanzig Francs geben wollten, hätten Sie das gleich sagen müssen! Jetzt ist das Formular schon ausgefüllt, ich kann es nicht mehr ändern. Glauben Sie denn, daß man mit den Kontrollblättern herumblödeln kann? Die muß ich dem Inspektor vorlegen!
– Schon gut... Da haben Sie 3 Francs 80.
– Sehen Sie, Sie hatten doch Kleingeld! Also warum vergeuden Sie meine Zeit? Ich hätte inzwischen bereits drei weitere Kunden erledigen können! Sie behindern mich bei meinem Broterwerb! Sie schaden mir psychisch und materiell! ... Wo wollen Sie denn hin?
– Ich gehe, nachdem ich Ihnen im Weg bin!
– Aber Sie brauchen doch nicht gleich eingeschnappt zu sein! *Ich* habe doch die Vorschriften nicht erfunden! Glauben Sie denn, daß mir das Spaß macht?
– Da bin ich mir nicht so sicher. Sind wir jetzt wenigstens fertig?
– Noch nicht. Hier ist die Durchschrift Ihrer Erklärung.
– Und was soll ich damit?
– Oh, von mir aus nichts! Wenn Sie mehr Steuern zahlen wollen, ist das Ihre Sache... Ansonsten können Sie die Spende absetzen, und das hier ist der Beleg für Ihre Steuererklärung.
– Danke.
– Bitte... He! Jetzt ist er schon wieder weg! Wo brennt's denn?
– Was gibt's denn noch?
– Da ist noch mein Exemplar, das Sie an das zuständige Finanzamt schicken müssen. Die Adresse steht drauf.
– Können Sie das nicht selbst erledigen?
– Und wer zahlt mir die Briefmarke? Ich sage es Ihnen

noch einmal, ich bin kein verblödeter Gehaltsempfänger! Ich arbeite nicht für einen Chef! Ich bin ein unproduktiver, von Privatpersonen entlohnter Werktätiger. So nennt man das.

– Tatsächlich? Dann hören Sie mir gut zu: Hier sind nochmals zehn Francs, ob es Ihnen paßt oder nicht, das macht zusammen 20 Francs 80. Und jetzt sehen Sie, was ich mit Ihrem Papierkram mache!

– Halt! Drehen Sie nicht durch! Wenn Sie das zerreißen, rufe ich sofort die Bullen! Dann können Sie sehen, was Sie das kostet! Sie Scheißkerl, Sie wollen vielleicht, daß ich geschätzt werde? Wie soll ich denn dem Inspektor erklären, wovon ich mein Pulle bezahle, oder was soll ich sagen, wenn man mehr Geld bei mir findet, als ich angegeben habe? Und wer weiß, ob man uns jetzt gerade nicht belauscht? Also nehmen Sie das, und tun Sie, was ich gesagt habe ... und machen Sie so etwas nicht nochmal!

Was diesen letzten Ratschlag angeht, bin ich fest entschlossen, ihn zu befolgen!

Pops Leben und Geburt von der Prostituierten erzählt

Man sagt, Kinder seien neugierig, sie wollten alles wissen, sie stellten Fragen über Fragen ... Das ist völlig falsch. Was ich im Gegenteil erstaunlich an Kindern finde, ist die Selbstverständlichkeit, mit der sie alles hinnehmen, was ist, was an sie herantritt, ohne sich zu wundern, selbst bei absurden Dingen. Ich jedenfalls bin so gewesen, als ich ein kleines Mädchen war.

Natürlich gab es auch eine Zeit, in der ich Fragen stellte, aber das war eher Spielerei: Warum dies? Weil das. – Warum das? Weil jenes. – Warum jenes? usw. Schließlich hatte das alles keinen Sinn mehr, und das war mir vollkommen klar ... Was bedeuten die Wörter *warum* und *weil* eigentlich?

Da schaust du, nicht? Eine philosophische Hure hättest du wohl nicht erwartet? Ich bin nämlich nicht wie die anderen ins Geschäft gekommen, aus Dummheit, Faulheit oder Bequemlichkeit ... Ich dagegen, ich bin gebildet, ich habe jede Menge Bücher gelesen: *Krieg und Frieden,* das *Kamasutra, Im Westen nichts Neues, Lady Chatterley* ... Du lachst?

Also, um zu meiner Geschichte zurückzukommen, als ich ein kleines Mädchen war, wunderte ich mich über gar nichts, nichts war unmöglich ... Als Pop zu uns kam, war ich höchstens fünf Jahre alt. Ich fand das ganz natürlich, ich war nicht einmal erstaunt, und ich habe keine Fragen gestellt.

Zuerst, als ich aus dem Kindergarten kam, sah ich die Eingangstür unseres Hauses von schwarzen Vorhängen umgeben und einen großen schwarzen Wagen, der davor parkte. Wie immer bin ich mit dem Dienstmädchen bis zu unserem Stockwerk hochgestiegen. Die beiden Flügeltüren unserer Wohnung standen offen, was ich noch nie gesehen hatte. Vier Männer kamen heraus, die einen leeren Sarg trugen. Ein anderer, schwarz gekleideter Mann stand im Vorraum und redete mit meiner Mutter. Als sie mich bemerkten, hörten sie auf. Der schwarze Mann sah mich eine Zeitlang schweigend an, dann fragte er:

– Ist sie es?

Meine Mutter antwortete:

– Ja, sie.

Dann haben sie noch ein paar Worte gewechselt, der schwarze Mann hat sich verabschiedet und ist gegangen. Meine Mutter schloß die beiden Türflügel, nahm mich bei der Hand und sagte leise:

– Komm, ich zeige dir Pop.

Sie führte mich in das große blaue Zimmer. Auf dem unberührten Bett lag ein Herr, oder was ich damals einen Herrn nannte: ein fünfunddreißigjähriger Mann, ganz gelb im Gesicht, bewegungslos und sehr gut angezogen. Meine Mutter sagte:

– Küß ihn. Du mußt ihn sehr liebhaben.

Ich habe den gelben Herrn geküßt. Er war kalt und hart wie der Marmor am Kamin. In meinem Inneren bemühte ich mich gehorsam, ihn liebzuhaben. Dann haben wir das Zimmer verlassen.

Am nächsten Tag, vielleicht auch zwei Tage später, sind wir wieder zu ihm gegangen. Diesmal lag Pop im Bett, unter der Decke. Seine Haut war nicht mehr gelb, sondern fahl, fast grün. Er hatte nicht mehr seinen schönen Anzug an, sondern ein schmutziges Nachthemd, und er stank. Als er mich sah, lächelte er mir zu und machte mir ein Zeichen, näherzukommen. Ich habe gehorcht. Er nahm meine Fingerspitzen in seine matte, feuchte Hand. Aus Höflichkeit ließ ich ihn gewähren. Dann hat er mich losgelassen, die Augen geschlossen und den Kopf stöhnend auf dem Kissen herumgeworfen. Meine Mutter führte mich hinaus und flüsterte:

– Du mußt ihn immer liebhaben. Er hat dich sehr lieb. Du darfst ihn nie im Stich lassen.

Ich muß sagen, daß es mir diesmal schwerer fiel. Dieses schlaffe, bleiche und schwitzende Wesen, das ich liebhaben sollte, widerte mich eher an... Zum Glück blieb es nicht so: Pop ging es bald besser, er redete, scherzte, der Geruch in seinem Zimmer verschwand.

Nach vierzehn Tagen stand er auf, er nahm die Mahlzeiten mit uns ein, dann fing er an, außer Haus zu arbeiten. Während der Woche sah ich ihn nicht viel, aber sonntags ging er immer mit mir spazieren. Kurz, er gehörte zu uns.

Du meinst wahrscheinlich, daß ich mich nun wenigstens hätte fragen können, was all das zu bedeuten habe, was Pop bei uns mache, ob er zur Familie gehöre und wie... Aber nein, ich fand das ganz natürlich. Er war einfach da, mein Vater und meine Mutter akzeptierten ihn, das genügte mir. Wenn meine Schulkameradinnen nur zwei Eltern hatten, so hatte ich eben drei.

Übrigens hatten wir einander sehr gern, Pop und ich. Zwischen uns war mehr als Freundschaft, eine Art geschwisterliche Vertrautheit, ein geheimes Einverständnis, wie ich das mit niemand anderem erlebt habe. Er ging nicht nur mit mir spazieren, er erzählte mir auch Geschichten, machte meine Hausaufgaben mit mir, erklärte mir viele Dinge. Ihm verdanke ich alles, was ich weiß, was ich kenne, was ich liebe.

Von Beruf war er Ingenieur, aber er kannte sich auch auf vielen anderen Gebieten aus: Geologie, Medizin, Astronomie, Literatur, Musik... Er verdiente gut, dank ihm fehlte

es uns an nichts. Ich hatte ihn nicht nur gern, ich war auch stolz auf ihn!
Ich war noch nicht dreizehn, als meine Eltern bei einem Autounfall ums Leben kamen. Ich sehe Pop noch im großen blauen Sessel sitzen. Er nimmt mich in die Arme, setzt mich auf seinen Schoß und sagt sehr lieb zu mir:
– Mein Kleines, du mußt jetzt sehr, sehr tapfer sein...
Ich weiß noch, daß ich geweint habe, aber im Weinen konnte ich nicht umhin zu denken, daß es gut so war, daß ich es nicht anders gewollt haben würde, wenn ich die Wahl gehabt hätte. Der Tod meiner Eltern machte mich traurig, aber wenn ich Pop verloren hätte, wäre ich verzweifelt.
Wir waren jetzt allein mit unserer alten Haushälterin. Eines Tages ist auch sie gestorben. Pop arbeitete damals noch, ich war mit der Schule fertig. Also blieb ich zu Hause und kümmerte mich um die Küche, den Haushalt. Pop sagte oft:
– Wenn du verheiratet bist, wirst du eine prächtige Hausfrau abgeben!
– Ich will nicht heiraten, antwortete ich.
– Und warum nicht?
– Weil ich bei dir bleiben will.
Er sah mich sonderbar an:
– Du mußt aber heiraten! In ein paar Jahren wirst du einen Mann brauchen: ich werde nicht mehr arbeiten, du wirst für mich sorgen müssen...
– Du machst Spaß, Pop! Du bist doch noch ganz jung!
Darauf antwortete er nicht.
Wenn ich jetzt daran zurückdenke... Ich hätte auf ihn hören sollen... Ach was! Ich bereue nichts.
Es stimmte übrigens, daß er jung war, und sogar immer jünger. In den ersten Jahren sah ich in ihm einen zweiten Vater, ein bißchen lustiger als der erste. Später hat sich unser Verhältnis allmählich verändert: zunächst wurde er

eine Art Spielonkel, dann ein liebevoller, munterer großer Bruder und schließlich...

Schließlich waren wir gleich alt. Ich war zwanzig, er auch. Als er mir in diesem Jahr zu meinem Geburtstag gratulierte, las er in meinen Augen, daß ich verstanden hatte: er war weder mein Vater noch mein Onkel, noch mein Bruder... Wir haben uns wortlos umarmt.

Im folgenden Jahr ist der schwarze Mann wiedergekommen, derselbe, der bei Pops Ankunft mit meiner Mutter gesprochen hatte. Als ich ihm die Tür öffnete, habe ich ihn sofort wiedererkannt, noch bevor er ein Wort sagen konnte.

– Ich bin der Vergessenlehrer, hat er sich vorgestellt.

Von nun an kam er jeden Tag, er bezahlte auch für seine Stunden. Pop und er schlossen sich dann eine gute Stunde im Wohnzimmer ein. Und jedesmal verschwand etwas von Pops Wissen. Ich merkte, daß er Dinge nicht mehr wußte, die er mir zwei Jahre vorher beigebracht hatte. Dabei blieb sein Geist rege, reger denn je...

Nach einem Jahr hörte er zu arbeiten auf. Der schwarze Mann kam nach wie vor, sogar immer öfter. Als ich begriff, daß Pop dabei war, sein ganzes Wissen zu vergessen, fing ich an, ihn systematisch auszufragen, um von seinen restlichen Kenntnissen zu profitieren. Es war die Zeit unserer schönsten Gespräche. Es waren auch die letzten... Wir gingen ins Museum, ins Theater, ins Konzert, wir gingen nachts durch die Felder, unter den Sternen. Seltsamerweise wurde Pop mit zunehmender Jugend religiös, was er vorher nicht gewesen war. Er sprach über die Milchstraße, die Sonnen, die Planeten, die Menschen, die sie bewohnen. Ich fühlte mich ganz klein in diesem wundervollen Universum, in dem unsere Erde nur ein winziger Punkt mitten im Weltraum war, umgeben von einem großen lieben Gott, einem unermeßlichen lieben Gott, ohne Körper, ganz

Geist, wie ein sehr leichtes Gas, das überall ist, überall eindringt, alles sieht, alles hört, alles versteht. Glaubst du nicht an den lieben Gott, mein Schatz? Das solltest du aber, es ist toll, du weißt gar nicht, was dir entgeht!

Eines Tages hat mir der schwarze Mann erklärt, daß wir umziehen müßten. Die Nachbarn bemerkten tatsächlich, daß Pop jünger wurde als ich, sogar kleiner. Wir kamen ins Gerede... Es war besser, zu verschwinden.
Wir sind also umgezogen, drei Jahre später wieder, dann zwei Jahre später, und wieder und wieder, immer häufiger. Die ersten Male machte es mir nichts aus, denn wir hatten Geld. Dann ging das Geld aus, und unsere Wohnungen wurden immer kleiner. Ich mußte als Putzfrau arbeiten, und selbst das wurde schwierig, weil Pop immer kleiner wurde und ich mich mehr und mehr um ihn kümmern mußte. Der schwarze Mann kam immer noch und bezahlte pünktlich jede Vergessenstunde, aber das reichte nicht für unseren Unterhalt.
Zu dieser Zeit habe ich angefangen, hier zu arbeiten. Die Chefin ist nett, sie nimmt mich nicht allzusehr aus. Ich habe ihr gleich gesagt, daß ich ein Kind versorgen muß und nicht viel Zeit habe. Sie hat mir keine Fragen gestellt.
Damals war Pop nur noch ein kleiner Junge, der immer kleiner wurde. Alle sechs Monate mußte ich ihm neue Kleider kaufen und fast jedes Jahr umziehen.

Schließlich hörten die Besuche des Vergessenlehrers auf. An seiner Stelle kam ein Kindermädchen, das mir auch etwas Geld gab. Ich war jetzt vierunddreißig, Pop nur noch sechs Jahre alt. Er wußte nichts mehr und konnte nichts mehr. Aber er war so zärtlich! Wir liebten einander mehr denn je...
Die letzten Jahre vergingen schnell, viel zu schnell. Er verlernte zu sprechen, dann zu gehen. Ich mußte mich

dauernd um ihn kümmern. Dann ging auch das Kindermädchen, und eine Amme kam.
Das Ende der Geschichte kannst du erraten. Eines Morgens fühlte ich mich nicht wohl. Der schwarze Mann ist gekommen. Ich übergehe die Einzelheiten... Ein paar Stunden später war Pop in meinem Bauch. Beim Abschied sagte der schwarze Mann.
– Leben Sie wohl, wir werden uns nicht mehr sehen. Morgen können Sie aufstehen. Der Vater wird in acht Monaten und zwanzig Tagen vorbeikommen. Meine Verehrung, gnädige Frau.
Am nächsten Tag ging es mir tatsächlich wieder sehr gut, und von nun an war ich allein.
Wie du dir denken kannst, war das vor genau acht Monaten und einundzwanzig Tagen. Anfangs bewegte sich Pop noch, dann ist mein Bauch abgeschwollen.
Als ich dich gestern abend sah, wurde mir klar, daß du es sein mußtest, schon an dem Widerwillen, mit dem du mich angesehen hast. Ich mußte dich drängen, hierher zu kommen, ich habe dich bezahlt, damit du die Nacht über bleibst (ganz gegen meine Gewohnheiten, das kannst du mir glauben!), ich habe dich fast vergewaltigt – und heute morgen liebst du mich. Du liebst mich, und dennoch wirst du mich nicht wiedersehen. In zwei oder drei Stunden hast du mich vergessen.
Aber nein, mein Schatz, du bist nicht verrückt! Wenn ich dir das alles erzählt habe, so eben deshalb, damit du siehst, daß du vollkommen bei Verstand bist und daß die Sache ganz normal ihren Lauf genommen hat. Ich gebe zu, daß das nicht sehr oft vorkommt, aber es kommt vor, zumindest von Zeit zu Zeit. Der Beweis...
Ja, ja, du liebst mich, mein Häschen, natürlich! Und jetzt zieh ab, ich habe zu tun... Nein, nein, das Geld will ich nicht. Wie? Du glaubst mir nicht? Du willst morgen wie-

derkommen? Komm nur, wenn du willst, ich werde dich gern empfangen, aber ich bin sicher, daß du nicht mehr daran denkst...

Also schön, du denkst daran. Auf Wiedersehn.

Was aus mir werden wird? Das ist mir egal. Nichts ist mehr wichtig. Jetzt, wo Pop nicht mehr ist, kann ich verrecken, was liegt daran?... Aber nein, ich bin nicht traurig. Ich habe meine Arbeit beendet, ganz einfach. Pop hatte auch keine Angst vor dem Tod. Allerdings hatte er den seinen schon hinter sich...

Gott
(aufgefundenes Manuskript)

Denn jeder, der bittet, empfängt, und wer sucht, findet, und wer anklopft, dem wird aufgetan.
Mt. VII, 8

Juli

Sie haben mich hierher gebracht und gesagt:
– Das ist dein Haus.
Auf den ersten Blick war mir das gleich. Es war mein Haus. Gut. Dieses oder ein anderes. Sie haben mich gefragt:
– Akzeptierst du es als dein Haus?
Ich habe ja gesagt. Warum hätte ich es auch ablehnen sollen? Da haben sie eine Unterschrift von mir verlangt und sind gegangen.
Ich hatte sie gerade hinausbegleitet, als ich in meinem Flur ein dickes schwarzes Insekt fand, das die Wand entlangkrabbelte.
Ich habe es zerquetscht, nicht ohne Ekel: ich bin zwar nicht zimperlich, aber mir graust vor solchen Viechern. Am selben Abend fand ich zwei weitere. Am nächsten Tag fünf. Am übernächsten sieben, eines davon auf meiner Bettdecke, als ich erwachte.
Ich habe herauszubekommen versucht, woher sie kamen. Ich habe Zimmer für Zimmer abgesucht, den Dachboden, dann den Keller. Im Keller stieß ich auf eine alte Holztür, die zu einem unterirdischen Gang führte, nicht sehr breit, aber sicher sehr lang. Ich bin hineingegangen, meine Taschenlampe in der Hand, um zu sehen, wohin er führen mochte. Ich war wohl schon eine gute Viertelstunde gegangen, als ich plötzlich merkte, daß der Boden unter meinen

Füßen merkwürdig knirschte. Ich sah nach ... Der Boden war buchstäblich mit Insekten bedeckt, mit einem Teppich, einem wahren Strom von Insekten.

Ich bin sofort umgekehrt und habe mich noch am selben Tag beim Leiter des Wohnungsamts beschwert. Er sagte mir:

– Was willst du denn, Genosse, dieses Haus ist deines. Du hast es akzeptiert, du hast unterschrieben, die Sache ist erledigt.

Ich habe mir dennoch erlaubt, beharrlich zu bleiben. Dieses Haus ist mir zugeteilt worden, um eine Abhandlung im Auftrag der Partei zu schreiben. Im Interesse unserer Sache muß ich wenigstens in Ruhe arbeiten können.

Der Leiter hatte es schließlich satt und versprach, einen Experten zu schicken. Dieser kam erst nach vierzehn Tagen und blieb nicht mehr als zehn Minuten.

– Worüber beklagst du dich? Dein Haus ist sehr gut, es paßt genau zu dir! Nicht? Aber schau dich doch an! Du bist genau der Richtige, um dieses Haus zu bewohnen, und kein anderes! Das steht dir ins Gesicht geschrieben!

Ich war nicht sehr erbaut, aber ich habe ihn trotzdem gehen lassen. Natürlich kann ich nicht den ganzen Staatsapparat wegen einer persönlichen Angelegenheit mobilisieren. Außerdem kann zuviel Drängen gefährlich werden. Das Haus ist ja mit meiner Unterschrift tatsächlich meines geworden, und ich bin damit verantwortlich für alles, was darin sein könnte.

Mir blieb nur eines übrig: mir selbst aus der Patsche zu helfen. Ich habe also die Tür des unterirdischen Ganges zugemauert. Ich werde nie erfahren, wohin er führt, aber sei's drum, ich will das nicht unbedingt wissen ... Ich habe alle Ritzen, durch die Insekten eindringen könnten, mit Zement verstopft (zumindest alle sichtbaren) und mich endgültig eingerichtet. Freilich kommen immer noch

Insekten. Aber weniger. Ich zerquetsche durchschnittlich zwei pro Woche. Das läßt sich aushalten.
Ich habe dieses Haus nicht gewählt, aber es ist meines. Genauso wenig habe ich gewählt, der zu sein, der ich bin, oder den Zeitpunkt meiner Geburt. Hier wie überall muß man vom Erbe der Vergangenheit ausgehen, um die Welt zu verändern. So lehrt es die marxistische Doktrin.

August

Ich habe erfahren, daß die Nachbarvilla von Iwan Solntsew bewohnt wird. Er ist seit sechs Monaten hier und arbeitet an einem neuen Roman. Ich habe ihm eiligst einen Höflichkeitsbesuch gemacht. Eigentlich nicht nur aus Höflichkeit, ich wollte ihn schon lange kennenlernen.
Er hat mich sehr liebenswürdig empfangen und zum Tee eingeladen. Er ist um einiges älter als auf seinen Fotografien, dennoch hätte ich ihn unter Tausenden erkannt an dem Eindruck von Kraft und Feinheit, die seine Persönlichkeit vermittelt, vor allem aber an seinem Blick voller Humor, Ernst und Seelenruhe.
Ich habe ihm selbstverständlich zuerst gesagt, wie sehr ich seinen Roman *Die alte Garde* bewunderte.
– Ah! *Die alte Garde*! Das ist lange her! gab er zur Antwort.
Ich fürchtete, ihn verletzt zu haben. Nach der *Alten Garde* hatte er nämlich fast zwanzig Jahre lang nichts Eigenes veröffentlicht, nur Übersetzungen. Und sein zweiter Roman *Das Vaterland,* der vor fünf Jahren erschienen war, hatte heftige Kritik ausgelöst – und nicht ohne Grund, denn er entsprach bei weitem nicht den Erwartungen, die man in den Autor setzte.
– Nein, gar nicht so lange! widersprach ich. Der Autor der *Alten Garde* kann uns noch viele Meisterwerke schenken! Sie schreiben gerade an Ihrem dritten Roman, nicht wahr?

Er unterbrach mich mit einem fast schmerzlichen Lächeln. Seine Bescheidenheit ist bekannt.
– Sprechen wir lieber von Ihrer Arbeit, sagte er.
Ich erzählte ihm meine Geschichte. Daß einer meiner Artikel in der *Literarischen Zeitung* höheren Orts bemerkt worden sei, dann meine Unterhaltung mit dem Volkskommissar für Kultur:
– Stimmt es, Genosse, daß du viel gelesen hast?
– Nun ... einiges!
– Es fehlt uns zur Zeit an Philosophen. Würde es dir passen, Parteiphilosoph zu werden?
– Ich wäre stolz!
– Gut. Du bekommst eine Unterkunft, ein Gehalt, und du schreibst uns etwas. Ach ja, wie wäre es, wenn du zum Beispiel eine Abhandlung über die Nichtexistenz Gottes schreiben würdest?
– Aber ... ich habe keine Ahnung von Gott!
– Papperlapapp! Was macht das schon, nachdem es ihn nicht gibt! Du kannst dich ja informieren. Die Partei verläßt sich auf dich.
Eine Ablehnung war natürlich ausgeschlossen. So kam es, daß ich hier war.
– Haben Sie die Bibel gelesen? fragte Solntsew.
Nein, ich habe sie nicht gelesen. Im Buchhandel ist sie nicht mehr erhältlich. Im übrigen waren meine Eltern und Großeltern alte Kommunisten. Zu Hause wurde nie von Gott gesprochen, nur mein Großvater ließ mich als Kind manchmal auf seinen Knien reiten und sang dazu:

Gott ist ein Männlein, blau und klein,
es raucht seine Pfeif' im Feuerschein.

Das ist alles, was ich über Gott weiß. Es ist natürlich ein bißchen mager ...
Aber Solntsew lachte nicht:

– Sie müssen die Bibel lesen!
– Meinen Sie?
– Für Ihre Arbeit ist das unerläßlich. Versuchen Sie, die Genehmigung zu erhalten, sie aus einer Bibliothek zu leihen.
Ich notierte mir das sofort. Er fügte hinzu:
– Wußten Sie, daß es in Moskau noch eine Gruppe der *Zeugen Jehovas* gibt?
– Nein, das wußte ich nicht.
– Es sind die letzten Christen, die in unserem Land überlebt haben. Sie müssen sich um die Erlaubnis bemühen, mit ihnen zu sprechen.
– Meinen Sie?
– Es ist unerläßlich.
Ich notierte mir auch das. Nächsten Montag habe ich vor, in die Hauptstadt zu fahren.
Heute wieder ein Insekt umgebracht.

Ich komme gerade aus Moskau zurück. Wie ich erwartet hatte, ist es unmöglich, die Bibel ohne Sondergenehmigung aus einer Bibliothek zu entleihen. Also bin ich wieder zum Volkskommissariat für Kultur gegangen. Leider war der Kommissar auf Urlaub. Ich mußte daher mit seinem Sekretär vorlieb nehmen, der beinahe meine ganze Lebensgeschichte hören wollte.
– Warum willst du die Bibel lesen?
– Das habe ich Ihnen doch schon gesagt: für meine Arbeit im Auftrag der Partei.
– Bist du sicher, daß das notwendig ist?
Dann, nach einigem Überlegen:
– Du weißt, was die Bibel ist? Angeblich das Wort Gottes. Aber nachdem Gott nicht existiert, kann es dir doch gleich sein, was er gesagt haben soll?
Ich erklärte ihm zum zehnten Mal, daß ich die Nicht-

existenz Gottes nicht beweisen könne, ohne zuvor Material über ihn gesammelt zu haben.

– Das verstehe ich nicht, sagte er. Was sollst du in deinem Buch schreiben? Daß Gott nicht existiert? Also schreib das, und fertig!

Leicht gereizt gab ich zurück, daß man zu solch einer Feststellung nicht Philosoph sein müsse und schon gar nicht gezwungen sei, eine Abhandlung zu schreiben. Die Partei habe keine religionsfeindliche Erklärung von mir verlangt, sondern eine wissenschaftliche Arbeit.

Daraufhin haben wir uns eine ganze Weile angestarrt. Schließlich sagte er:

– Wenn du unbedingt willst, kannst du ja einen Antrag stellen. Ich kann dich nicht daran hindern...

Ich war drauf und dran, das zu tun (dazu war ich ja hergekommen), aber ein Ichweißnichtwas in seinem Blick, im Ton seiner Stimme hielt mich zurück. Ich sagte, ich würde lieber die Rückkehr des Kommissars abwarten.

– Wie du willst. Kann ich sonst noch etwas für dich tun?

Nachdem ich schon einmal dabei war, fragte ich ihn, ob es in Moskau noch religiöse Sekten gebe.

– Warum willst du das wissen?

– Aus Neugier.

Er sah mich mißtrauisch an:

– Nein, es gibt keine mehr.

– Sind Sie sicher?

Er sah mich beleidigt an:

– Ob ich da sicher bin? Sag mal, Genosse, du bist doch Marxist?

– Ja, das bin ich.

– Dann solltest du wissen, daß der Sozialismus mit der Abschaffung der Ausbeutung des Menschen durch den Menschen gleichzeitig die Basis der Religion beseitigt hat!

– Das weiß ich natürlich, gab ich zurück, aber es könnte doch noch Überreste geben...
– Es gibt keine mehr.
Das sagte er in einem Ton, der keinen Widerspruch duldete. Mir blieb nichts anderes übrig, als zu gehen.
Selbstverständlich konnte ich ihn nicht zwingen, mir Staatsgeheimnisse preiszugeben. Ein Beamter kann nicht vorsichtig genug sein. Trotzdem finde ich ihn ein bißchen bürokratisch...

Heute Besuch von Solntsew. Kaum hatte er sich gesetzt, fragte er mich:
– Haben Sie *Die Wahrheit* von heute gelesen?
– Nein, ich habe sie gekauft, aber noch nicht gelesen.
– Geben Sie her.
Ich nahm die Zeitung aus der Taasche und reichte sie ihm. Er schlug sie auf und legte mir einen Artikel vor mit der Überschrift:

DER LETZTE SCHLUPFWINKEL DES ANTIKOMMUNISMUS

– Lesen Sie das!
Ich las:
Seit dem letzten Kongreß unserer Partei und insbesondere dank der endgültigen Ausmerzung des irrigen Personenkults im Zusammenhang mit Chruschtschow herrscht der Sozialismus nun uneingeschränkt in unserem großen Land.
Trotzdem gibt es immer noch Antikommunisten. Nicht etwa erklärte (über die man sich nur lustig machen würde), sondern Intellektuelle, die unter dem Vorwand historischer oder philosophischer Forschungsarbeiten die Aushändigung reaktionärer Bücher verlangen, die bei uns längst kein Mensch mehr liest. Wenn man ihnen aber die ausgezeichneten Werke von Parteigenossen über die einschlägigen Fragen empfiehlt, antworten sie, daß ihnen das nicht genüge, daß sie die Originaltexte der russischen oder auslän-

dischen Reaktionäre lesen müßten, das die Verbreitung solch verderblicher Literatur nun völlig ungefährlich sei, nachdem es den Klassenkampf in unserem Land nicht mehr gebe, usw.
Diese Einstellung stellt nicht nur eine grobe Beleidigung der loyalen Intellektuellen unserer Partei dar, sondern auch den letzten Schlupfwinkel des Antikommunismus.
Kürzlich wurde in Moskau ein heimlicher Versammlungsort der christlichen Sekte der Zeugen Jehovas *entdeckt, wo man fünfzig Bibeln beschlagnahmte. War es das Bestreben um historische oder philosophische Objektivität, das diese Nichtswürdigen zusammenführte, um das »Wort Gottes« zu lesen? Warum verbargen sie sich? Die Religionsfreiheit ist in unserer Verfassung ebenso verankert wie die Freiheit religionsfeindlicher Propaganda. Auf unserem gesamten Territorium stehen Kirchen offen – und bleiben leer, weil es keine Gläubigen gibt! Warum also verstecken sie sich – wenn nicht, um zu konspirieren?*
Diese Übeltäterbande ist natürlich festgenommen worden, und die Polizei fahndet nach nicht registrierten Sekten sowie nach geheimen Bibeldepots, die in der Hauptstadt oder in der Provinz etwa noch existieren könnten.
Der Klassenkampf ist ausgerottet, das steht fest. Aber die Wachsamkeit des Proletariats darf deshalb nicht nachlassen. Wütend über ihre Niederlage, sind die Feinde des Sozialismus entschlossener denn je, usw.
– Was halten Sie davon? fragte er.
Zum Glück habe ich den Antrag nicht gestellt! Ich erzählte Solntsew meine Unterhaltung mit dem Sekretär.
– Machen Sie sich keine Sorgen, sagte er zu mir, das wird keine Folgen haben. Ein kleiner Bürokrat, der sich aufspielen will …
In diesem Augenblick bemerkte ich ein Insekt auf dem Fußboden, das auf meinen Stuhl zukrabbelte. Im Reden faltete ich die Zeitung zusammen und stand auf.
Solntsew unterbrach mich:

– Lassen Sie doch das arme Tierchen in Ruhe!
Ich schlug das Insekt tot, ließ seinen Körper auf die Zeitung gleiten und warf ihn aus dem Fenster.
– Ich kann nicht anders, sagte ich, ich ertrage sie nicht.
– Ach was, Sie gewöhnen sich daran. Am Anfang war ich genau wie Sie. Jetzt habe ich sie beinahe gern. Haben Sie viele hier?
Ich erzählte ihm von meinen Händeln mit dem Wohnungsamt und von meiner Erforschung des Kellers.
– Und Sie haben den Gang zugemauert? Das hätten Sie nicht tun sollen, Sie hätten bis zum Ende gehen sollen.
– Warum?
– Um festzustellen, woher sie kommen. Es muß da ein Nest geben.
– Meinen Sie?
– Natürlich. Irgendwoher müssen sie ja kommen.
– Ich wage es nicht, nochmal da reinzugehen...
– Und wenn ich mitkomme? Würden Sie es dann wagen?
– Mit Ihnen? Ja, vielleicht...
– Also dann warten wir nicht länger. Haben Sie Stiefel?
Ich zog meine Stiefel an, holte die Taschenlampe und eine Spitzhacke, und wir stiegen hinunter. Im Keller brach ich den Gang auf (ich hatte ihn solide zugemauert!), und wir gingen hinein. Solntsew hielt die Taschenlampe und gab mir die Hand. Er schien sich nicht unbehaglicher zu fühlen als bei einem Spaziergang auf freiem Feld. Nach zehn Minuten wateten wir in einem Meer von Insekten. Aber die Ruhe meines Begleiters wirkte ansteckend. Ich hatte keine Angst.
Schließlich gelangten wir zum Ende des Ganges. Vor uns war nur noch eine Wand. Solntsew durchforschte die Dunkelheit mit der Taschenlampe. Plötzlich hielt er inne und zeigte auf die rechte Ecke:
– Dort ist das Nest.

An dieser Stelle waren die Insekten scharenweise versammelt, sie bildeten einen pyramidenförmigen Klumpen an der Mauer. Solntsew trat mit dem Fuß dagegen. Die Pyramide brach auseinander, dahinter wurde auf halber Höhe eine Vertiefung, eine Art Nische sichtbar.
– Was ist denn das?
Er beugte sich vor und leuchtete in die Nische hinein. Ich bemerkte eine rechteckige Metallkassette, deren Deckel mit einem Griff versehen war. Die Insekten wimmelten darum herum.
– Eine Kassette? Wie sonderbar! Gibt es nicht irgendwo einen Schlüssel dazu?
Er nahm die Kassette heraus, dann tastete er mit der bloßen Hand das Innere der Nische ab. Schon bei dem Gedanken an die Insekten, die ihm zwischen den Fingern durchglitten, wurde mir fast schlecht. Ich flüsterte:
– Gehen wir...
Aber er hörte nichts. Er suchte. Und plötzlich stieß er einen Schrei aus:
– Ich habe ihn!
Der Schlüssel war direkt unter die Kassette gelegt worden. Wir stiegen mit unserem Fund hinauf.
– Machen wir das im Garten auf, sagte Solntsew.
Wir gingen hinaus. Die Kassette war verrostet, der Schlüssel auch, aber das Schloß gab nach, ohne sich allzu lange bitten zu lassen.
Solntsew hob den Deckel hoch. Das Innere war unversehrt, mit hellrotem Samt gefüttert, wie neu. Darin lag ein Buch. Solntsew nahm es heraus, öffnete es, blätterte darin, lächelte und sagte zu mir:
– Da haben Sie ja, was Sie suchten!
Es war eine Bibel. Eine alte, sehr gut erhaltene Bibel, die vom Beginn des Jahrhunderts stammen mußte.

Einen guten Monat habe ich keine Eintragungen in dieses Tagebuch gemacht. Einen Monat, den ich fast ausschließlich mit der Lektüre der Bibel verbrachte. Ich gebe zu, daß ich zunächst nicht sehr begeistert war. Sie erschien mir äußerst langweilig und sogar ziemlich abstoßend. Zum Glück hat Solntsew mir geholfen. Seine Großeltern waren Christen, und er selbst hat die Bibel in seiner Jugend gelesen, als die religiösen Minderheiten in unserem Land noch offiziell anerkannt waren. Er ist natürlich kein Christ – wie könnte man auch Christ sein? –, aber er hat den Geist des Christentums erfaßt und erklärt ihn mir. Seine Hilfe ist unschätzbar für mich.

Doch da ist ein Problem: nachdem ich nicht offiziell die Genehmigung erhalten habe, die Bibel zu lesen, kann ich sie für meine Arbeit nicht verwenden. Entweder muß ich also meine Abhandlung schreiben, ohne das Gelesene zu berücksichtigen, was ihr großen Abbruch täte, oder ich muß offen mit dem Volkskommissar für Kultur sprechen, sobald er zurück ist, das heißt nächste Woche. Das werde ich machen.

Noch ein Nachtrag: Seit einem Monat habe ich kein einziges Insekt mehr gesehen, weder im Haus noch im Keller, und das, obwohl ich den unterirdischen Gang nicht wieder zugemauert habe.

Heute nachmittag bei Solntsew. Wie gewöhnlich, fragte er mich zunächst nach meiner Arbeit. Ich unterbrach ihn:

– Reden wir heute nicht von der Bibel, ich bin übersättigt. Wie wär's, wenn wir einmal über Ihren Roman sprechen würden?

– Ach, mein Roman...

– Ja, Ihr Roman! Er interessiert mich, wissen Sie!

– Gut, wenn Sie unbedingt wollen, erzähle ich Ihnen davon.

Und er erzählte. Die Partei hatte ihm nahegelegt, einen Roman über die Metallarbeiter zu schreiben. So besuchte er zunächst eine Reihe Fabriken der metallverarbeitenden Industrie und machte sich Notizen. Dann wurden ihm ein Gehalt und eine Unterkunft zugeteilt – eben das Haus, in dem wir uns befanden.

– Das Schwierige dabei ist, eine Handlung zu erfinden. In einem sozialistischen Roman muß die Handlung den Aufbau des Kommunismus befördern. Sie muß die Arbeit, die Familie, das Vaterland verherrlichen und gleichzeitig eine treffende Schilderung der zwischenmenschlichen Beziehungen im Arbeitermilieu liefern. Aber wir, die Intellektuellen in der Partei, haben fast keine Ahnung von den Arbeitern, ich meine von ihren zwischenmenschlichen Beziehungen...

Ich muß schockiert ausgesehen haben, denn er fügte hinzu:

– Kennen Sie sie vielleicht gut?

Nein. In der Tat, ich kenne sie herzlich wenig. Er fuhr fort:

– Ich habe mich für folgenden Entwurf entschieden: Der Roman spielt in einer Traktorenfabrik. Dort sind zwei Arbeiter namens Arschipow und Kujow beschäftigt...

– Die Namen sind sehr gut gewählt, warf ich ein.

– Ja, das ist sehr wichtig. Man muß frappierende Namen finden... Die beiden Arbeiter also sind in dasselbe Mädchen verliebt, in Mascha.

– Auch eine Arbeiterin?

– Selbstverständlich. Monteurin. Die ganze Geschichte dreht sich darum, welchen von beiden sie heiraten wird.

– Den, der besser arbeitet, natürlich...

– Natürlich den, der besser arbeitet. Zuerst verdoppelt Kujow seine Norm, und Mascha verliebt sich in ihn. Aber da erfindet Arschipow eine entscheidende Verbesserung für die Maschine, an der er arbeitet. Prompt verliebt sich Mascha in Arschipow. Nun setzt Kujow bei der Werks-

leitung ein neues Fließbandsystem durch, das die Leistung verdreifacht. Prompt gibt Mascha Arschipow den Laufpaß zugunsten von Kujow... Und so geht es weiter.
– Sehr interessant. Und dann?
– Das ist alles. Ich bin nicht weitergekommen.
– Aber wie wollen Sie den Fall lösen?
– Ich habe nicht die leiseste Ahnung. Und Sie?
– Ich weiß nicht recht, Sie haben die Wahl... Einer der beiden könnte ein schlechter Kommunist sein oder heimliche Laster haben...
– Schon, aber das ist ziemlich abgedroschen. Außerdem könnte man es als Verleumdung der Arbeiterklasse auslegen. Anders gesagt, es wäre nicht *charakteristisch*.
– Oder einer der beiden könnte sterben und das Mädchen großmütig dem anderen vermachen...
– Gut, aber woran könnte er sterben?
– An einem Arbeitsunfall.
– Unmöglich! Das ist nicht charakteristisch!
– Bei einem von Saboteuren verursachten Unfall...
– Auch nicht. Auf dem letzten Parteikongreß wurde beschlossen, daß Sabotage seit Chruschtschows Tod kein Massenphänomen mehr ist.
– Also dann an einer Krankheit?
– Das geht genauso wenig. Die Gesundheitsbehörden würden sich beleidigt fühlen.
– Aber verdammt nochmal, es kommt doch vor, daß Arbeiter sterben!
– Nicht in der Literatur. Im Roman sind die Arbeiter unsterblich.
Nach längerem Schweigen fügte er hinzu:
– Es gäbe da freilich eine Lösung...
– Und die wäre?
– Sie alle drei an Altersschwäche sterben zu lassen... und ledig!

Ich glotzte ihn an:
– Das sagen Sie doch nicht im Ernst!
– Natürlich nicht, das gäbe ja eine reaktionäre Satire. Schade, es wäre lustig. Dann sah er mich an und lachte:
– Na, na! Schauen Sie nicht so entgeistert! Ich habe noch genug Zeit, darüber nachzudenken. – Übrigens, wann fahren Sie nach Moskau?
– Morgen.
Offensichtlich hatte er keine Lust mehr, weiter über dieses Thema zu reden. Ich drängte ihn nicht.

Zurück aus Moskau. Die Sache ist bereinigt.
Schon nach den ersten Worten sagte der Kommissar zu mir:
– Es wundert mich eigentlich, Genosse, daß du die Bibel noch nicht beantragt hast.
Es sah fast wie ein Vorwurf aus. Ich erwiderte schnell:
– Das wollte ich tun, aber Ihr Sekretär hat mich davon abgebracht.
– Mein Sekretär ist ein Dummkopf.
Als er meine Verblüffung bemerkte, fügte er hinzu:
– Ein Dummkopf und ein Fanatiker.
– Dann war da auch der Artikel in der *Wahrheit* vom 14. August...
– Ach ja, der Artikel! Aber damit warst du doch nicht gemeint! Ich stelle dir sofort eine Genehmigung aus.
– Nicht nötig.
– Nicht nötig? Weshalb?
– Weil ich die Bibel gelesen habe.
Er fuhr hoch:
– Du hast sie gelesen? Wann?
– Letzten Monat.
– Die Bibel? Und wo hast du sie hergenommen?
Ich erzählte ihm von meinem Keller, aber ohne Solntsew zu erwähnen. Er machte ein schiefes Gesicht:

– Man kann nicht mißtrauisch genug sein mit diesen alten Häusern! Es ist noch ein Glück, daß du es warst, der sie gefunden hat... Jedenfalls danke ich dir für deine Offenheit. Wenn du deine Abhandlung fertig hast, gibst du mir die Bibel zurück. Verbotene Bücher sind Staatseigentum.
Jetzt kann ich endlich arbeiten, unter rechtmäßigen Bedingungen.

Wieder bei Solntsew gewesen. Ich weiß wirklich nicht, was ich von ihm halten soll.
Ich hatte aus Moskau eine Flasche Pfefferwodka mitgebracht. Wir tranken sie zusammen. Da die Abende schon kühl sind, machten wir ein Holzfeuer in seinem alten Kamin. Während ich ihm von meiner Fahrt erzählte, schaute er ins Feuer. Plötzlich unterbrach er mich:
– Da! Siehst du da nichts?
Ich sah nur den Kamin, das Feuer und ein paar Scheite, die wir zum Trocknen davorgelegt hatten.
– Sonst nichts?
– Nein...
Er lächelte mir zu, mit starrem Blick:
– Dann ist da auch nichts.
Erst jetzt bemerkte ich, daß er allein mehr als drei Viertel der Flasche getrunken hatte und sich noch ein Glas eingoß.
Ich sagte:
– Sie trinken zuviel.
– Ich bitte dich, Genosse, komm mir nicht mit Moral! Ich habe die Schnauze voll von der sozialistischen Moral!
– Aber ich will Ihnen doch keine Moral predigen... Ich warne Sie nur vor einer Gefahr... Eines Tages brauche ich vielleicht Sie, um mich zu warnen.
– Rechne nicht mit mir.
Ich erkannte ihn kaum wieder. Er hatte die Ellbogen auf

den Tisch gestützt, den Kopf auf die Fäuste. Mit glasigen Augen starrte er unverwandt ins Feuer. Um das Thema zu wechseln, fragte ich:

– Und Ihre beiden Arbeiter?

Er schien nichts zu hören. Ich wiederholte:

– Und die beiden Arbeiter in Ihrem Roman?

Ohne eine Bewegung, den Blick nach wie vor auf den Kamin gerichtet, antwortete er bedächtig:

– Immer noch unverheiratet. Wenn das so weitergeht, müssen die beiden Sodomie treiben.

– Müssen sie was?

– Sodomie treiben. Weißt du nicht, was das heißt?

Ich wußte es nicht, aber ich wagte nicht, ihn danach zu fragen. Er redete auch schon weiter, wie einer, der mit sich selbst spricht, wie ein Verrückter, grauenhaft:

– Als ich die *Alte Garde* geschrieben habe, wußte ich, wovon ich sprach. Meine Helden standen vor mir, ich kannte sie, als ob ich ihr Vater gewesen wäre. Aber jetzt? Ich habe zwanzig Fabriken besucht... Und? Ich hätte geradeso gut tausend besuchen können! Man bezahlt uns, um über das Volk zu schreiben, aber gleichzeitig bezahlt man uns, um uns vom Volk zu trennen, damit wir das Volk nicht mehr verstehen!... Im 19. Jahrhundert war Russisch eine der größten Sprachen der Weltliteratur! Und jetzt? Jetzt schreiben wir natürlich Romane! Und sie werden verbreitet! Und man bekommt sogar Autorenrechte bezahlt! Aber das Volk? Was liest das Volk, wenn es überhaupt liest? Es liest Puschkin, Gogol, Tolstoi... Geschichten von Großgrundbesitzern, Geschichten von Kosaken, Geschichten von Adligen... Das ist es, was das Volk interessiert. Recht hat es! Ich wandte zaghaft ein:

– Es liegt an uns, ihm gute Werke zu geben...

– An uns? Was sind wir denn? Wir wissen nicht einmal mehr, was schreiben heißt! Wir sind Kurtisanen. Weißt du,

was Kurtisanen sind? Kurtisanen sind Huren. Wir sind Huren. Du und ich, wir sind Huren!
Jetzt wurde es mir zuviel. Ich stand auf:
– Es geht Ihnen nicht gut. Soll ich Ihnen helfen, zu Bett zu gehen?
Er war auch aufgestanden, sehr aufrecht, sehr majestätisch, aber seine Hände zitterten. Er starrte immer noch auf das Feuer.
– Ich kann sehr wohl allein zu Bett gehen. Geh nach Hause, los! Oder noch besser: Geh mich schnell denunzieren. Das ist deine Pflicht, und die Partei wird dir dankbar dafür sein.
Ich ging bestürzt nach Hause. Kaum war ich da, schlug ich im Lexikon die Bedeutung des Wortes *Sodomie* nach. Wie ist das möglich? Ein Mann wie er! So verbittert, so vulgär...
Ich glaube, ich würde gut daran tun, ihn weniger oft zu besuchen. Ich habe ja eine ausgezeichnete Ausrede: die Niederschrift meiner Abhandlung.

Oktober

Wieder ist ein Monat ohne Eintragungen vergangen. Die Abhandlung ist zur Gänze geschrieben. Sie besteht aus zwei Teilen von ungleicher Länge. Der erste, kürzere beweist die Nichtexistenz des metaphysischen Gottes. Ich habe mich nicht lange dabei aufgehalten, denn den Argumenten der Lehrbücher marxistischer Philosophie ist tatsächlich nicht viel hinzuzufügen. Nachdem die Realität dialektisch ist, versteht es sich von selbst, daß Gott, das absolute, vollkommene, unwandelbare Wesen, mit einem Wort, das metaphysische Wesen schlechthin nicht existieren kann. Oder wie das in der Fachsprache heißt: seine Essenz beinhaltet seine Nichtessenz.
Um sich der »Vollkommenheit« zu nähern, muß man die

Stufenleiter der Wesen hinabsteigen, nicht hinauf. Die höheren Wesen sind zugleich die unstetesten, die wechselhaftesten, die bedrohtesten. Der Stein ist Gott näher als der Mensch. Dabei ist der Stein immer noch ein Gewimmel unzähliger Atome... Ich schließe mit folgendem Satz, auf den ich ganz schön stolz bin:

»Im Grunde genommen wäre Gott ein seltenes Gas, farblos, geruchlos, ohne Geschmack und ohne jede chemische Affinität.«

Der zweite Teil, in dem ich die Bibel in Angriff nehme, hat mir viel mehr Kopfzerbrechen bereitet. Hier ging es nicht mehr um abstrakte Ideen: einerseits mußte ich ausführen, warum die Gottesidee in einem bestimmten Stadium der Entwicklung notwendig erscheinen konnte, und andererseits erklären, warum dies heute nicht mehr der Fall ist.

Das Volk Israel, umgeben von so unbarmherzigen Feinden wie es selbst es war, mußte ganz natürlicherweise bestrebt sein, sich unter den Schutz einer überirdischen Macht zu stellen. Diese Macht mußte ein universeller Gott sein, der einzig wahre, der einzig allmächtige, aber zugleich mußte er ausschließlich das auserwählte Volk beschützen. Kurz, ein universeller, aber nationalistischer Gott, ähnlich dem russischen Gott Dostojewskijs. Da nun für die Israeliten die Nation gleichbedeutend war mit der Abstammung von ein und dem selben Patriarchen, mußte dieser nationalistische Gott notwendig rassistisch sein. Der jüdische Rassismus ist nichts anderes als eine Erweiterung des Familiensinns, des Stammesdenkens.

Nachdem heutzutage die Produktion nicht mehr durch die Familie bestimmt ist, sondern national und bald sogar schon international, ist die Rassenfrage nicht mehr relevant. Und wenn unsere Väter zur Zeit der kapitalistischen Umzingelung noch das Bedürfnis nach einem überirdischen Beschützer verspüren konnten, so ist dieses Bedürf-

nis nicht mehr vorhanden, nachdem jetzt die kapitalistischen Staaten umzingelt sind!
Um den Leser nicht durch zuviel abstraktes Dozieren zu langweilen, bringe ich zum Abschluß eine humorvolle Note und erzähle, wie mich mein Großvater als Kind auf seinen Knien reiten ließ und dazu sang:

Gott ist ein Männlein blau und klein,
es raucht seine Pfeif' im Feuerschein.

Die Klugheit des alten Proletariers hatte meinen Großvater den Kern des Problems erfassen lassen. Sollte Gott heute noch existieren, so könnte dies nur in Form eines lächerlichen Männleins sein...

Ich lasse mein Manuskript eine Zeitlang abliegen, um die nötige Distanz für die endgültige Fassung zu gewinnen. Gerne würde ich es Solntsew zeigen, der mir wertvolle Hinweise dafür gegeben hat. Seit einem Monat habe ich ihn nicht gesehen, und ich muß gestehen, daß ich Gewissensbisse ihm gegenüber empfinde. Er glaubt wahrscheinlich, daß ich ihm aus dem Wege gehe, daß ich ihn verachte, vielleicht sogar, daß ich ihn denunziert habe... Er sollte mich eigentlich besser kennen. Ich bin immerhin nicht so fanatisch, daß ich eine vorübergehende Depression für politischen Verrat halten würde!
Es wäre mir natürlich ein leichtes, ihn zu besuchen – aber ich traue mich nicht.
Es ist Herbst geworden. Auch ich habe ein Holzfeuer in meinem Kamin angezündet. Vor dem Fenster fällt der erste Schnee.

Überraschungsbesuch von Solntsew heute. Der alte Solntsew, der, den ich liebe und bewundere. Ich war überglücklich, ihn wiederzusehen, und habe ihm das nicht verborgen. Er fragte mich sofort nach meiner Arbeit. Ich sagte

ihm, daß die erste Niederschrift abgeschlossen sei und ich großen Wert darauf legte, sie ihm zu zeigen.
– Kommen Sie morgen zu mir, antwortete er. Wir essen zusammen und haben den ganzen Tag zum Lesen.
Unser letzter Abend ist nur noch ein schlimmer Traum. In stillschweigendem Einverständnis erwähnt ihn übrigens keiner von uns beiden. Er ist vergessen, nichts bleibt mehr davon – höchstens vielleicht eine bestimmte Art, mit der er ins Feuer sieht, träumerisch.

Mein Tag bei Solntsew. Ich habe ihm das Manuskript von vorn bis hinten vorgelesen. Ich saß am Tisch, meine Papiere vor mir, während er mir in seinem Sessel am Kamin zuhörte. Bisweilen nickte er zustimmend mit dem Kopf, ohne den Blick von den Flammen abzuwenden.
Als ich gerade mit dem zweiten Teil begann, unterbrach er mich:
– Da! Siehst du da nichts?
Ohne mich anzusehen, deutete er auf die Kaminecke. Derselbe Satz, dieselbe Handbewegung wie an dem berühmten Abend...
Entsetzt brachte ich gerade noch heraus:
– Nein, nichts.
– Lies weiter, sagte er.
Ich las weiter, nicht ohne Bangigkeit, doch den ganzen restlichen Tag war sein Benehmen wieder völlig normal. Von Zeit zu Zeit schlug er mir Verbesserungen vor, die ich sofort übernahm, so evident treffend waren sie.
– Und sonst? Meinen Sie nicht, daß ich noch etwas ändern sollte?
– Nein, das ist gut so. Lies weiter.
Ich las weiter. Als ich zum Schluß gelangte, spürte ich, daß meine Stimme triumphierend klang. Ich war wirklich sehr stolz auf die letzte Seite. Nach Beendigung der Lektüre er-

wartete ich, daß Solntsew in Lachen ausbrechen würde. Aber ganz im Gegenteil. Er erbleichte und sah mich fast verstört an:

– Das ... das willst du doch nicht veröffentlichen!

– Doch, natürlich. Warum nicht?

Er strich sich mit der Hand über die Stirn:

– Sei vorsichtig. Du wirst Schwierigkeiten bekommen mit dem blauen Männlein.

– Warum denn? Wenn ich sage, daß Gott das blaue Männlein sei, heißt das, daß er nicht existiert. Gibt es jemanden, der an ein blaues Männlein glauben würde?

– Nein, niemand natürlich...

– Also?

Er schaute unschlüssig ins Feuer, dann wandte er sich wieder zu mir:

– Hör mal.

– Ja?

Das ist doch die erste Niederschrift?

– Ja.

– Hast du nur ein Exemplar?

– Nein, ich habe einen Durchschlag gemacht.

– Gut. Dann schicke den Durchschlag an deinen Kommissar, bevor du die endgültige Fassung schreibst.

– Meinen Sie?

– Tu es, aus Vorsicht.

Ich habe den Durchschlag an den Volkskommissar für Kultur geschickt. Das verzögert die Sache ein bißchen, aber das macht nichts. Wenn ich vor der endgültigen Fassung noch ein paar Tage länger an meinem Thema herumträume, kann ich dabei nur gewinnen.

Waldspaziergang im Schnee mit Solntsew. Dieser Mann hat einen erstaunlichen Sinn für die Poesie der russischen Natur.

Aus Moskau zurück, wohin mich der Kommissar zitiert hatte. Ich wollte es nicht glauben, aber Solntsew hat recht gehabt.

– Ich habe deine Arbeit gelesen, Genosse. Sie ist gut, sehr gut sogar im ganzen. Aber was willst du mit deinem blauen Männlein sagen?

Ich antwortete, ich wolle nichts anderes sagen als was ich gesagt habe, ich hätte zum Abschluß eine humorvolle Note bringen wollen ...

– Eine humorvolle Note! Du vergißt wohl, Genosse, daß dich die Partei für eine ernsthafte Arbeit bezahlt! Du hast keine blöden Witze zu reißen!

Ich habe mich verteidigt. Ich hätte es für nicht schlecht gehalten, in poetischer Form ...

– In poetischer Form! Genosse, du bekommst ein Gehalt als Philosoph, nicht als Poet. Du hast also keine Poesie zu fabrizieren.

– Dann soll ich diese Seite streichen?

– Keineswegs! Im Gegenteil, du mußt weitermachen. Nachdem du entdeckt hast, daß das blaue Männlein die letzte Zuflucht der Gottesidee ist, mußt du die Sache durchziehen.

– Wie?

– Du mußt die Nichtexistenz des blauen Männleins beweisen.

– Aber wie soll ich ...

– Das ist dein Bier. Bist du nun Philosoph oder nicht? Die Partei will keinen Gott! Nicht die geringste Art von Gott! Also los, mach dich an die Arbeit. Dafür wirst du schließlich bezahlt!

Ich muß also einen dritten Teil an meine Abhandlung anhängen, um die Nichtexistenz des blauen Männleins zu beweisen.

Wieder ist ein Monat vergangen. Aber diesmal habe ich nichts geschrieben. Ich trete auf der Stelle. Ich habe versucht, Material zusammenzutragen, aber nichts gefunden. In den Märchen gibt es rote Zwerge, grüne Zwerge, gelbe Zwerge, aber keine blauen. Das ist eine Marktlücke.[1] ...
Alles, was ich habe, ist eine Geschichte, die Solntsew bei einer kulturellen Mission in Amerika gehört und mir erzählt hat:

Eine Amerikanerin erwacht eines Morgens und sieht auf ihrem Nachttisch ein kleines blaues Männlein, nicht größer als ein Daumen, das zu ihr sagt:
– *I love you.*
Was im Amerikanischen bedeutet: ich liebe dich.
Entsetzt steht sie auf, zieht sich an, nimmt ihren Hut, ihre Handtasche und macht sich auf den Weg zu ihrem *Psychoanalytiker.*
(Die *Psychoanalyse* ist laut Solntsew eine Schule reaktionärer Neurologen, die in den westlichen Ländern noch sehr geschätzt wird.)
Aber kaum ist sie ein paar Schritte auf der Straße gegangen, taucht das blaue Männlein wieder vor ihr auf und sagt:
– *I love you.*
Sie kehrt um, geht nach Hause, sperrt sich in ihr Zimmer ein und öffnet das Fenster, um Luft zu holen. Doch auf der Fensterbrüstung steht zum dritten Mal das blaue Männlein vor ihr und wiederholt:
– *I love you.*
Da verliert die Amerikanerin vollständig den Kopf. Sie stößt das Männlein auf die Straße hinunter (sie wohnt im obersten Stock eines Wolkenkratzers), macht das Fenster

1 Der Held dieser Erzählung kannte natürlich die *Schlümpfe* nicht.

zu, setzt sich erschöpft auf ihr Bett und hofft, endlich Ruhe zu haben.
Eine Stunde später läutet es an der Wohnungstür. Sie öffnet und entdeckt auf dem Fußabstreifer das blaue Männlein, das schmollend zu ihr sagt:
– *I don't love you anymore.*
Was im Amerikanischen bedeutet: ich liebe dich nicht mehr.

Ich fragte Solntsew:
– Diese Geschichte ist doch nicht wahr?
– Nein, natürlich nicht. Das ist ein Witz.
– Aber das ist überhaupt nicht lustig! Das ist eher beängstigend!
– Das ist der amerikanische Humor, sagte er. Ich halte diese Geschichte, in ihrer Art, für eine der besten, die ich kenne...
– Aber was für ein Zusammenhang soll zwischen diesem Männlein und Gott bestehen?
– Keiner, wahrscheinlich... Und dennoch...
– Und dennoch?
– Es ist vielleicht nur Zufall, aber ... hast du nicht bemerkt, daß diese Geschichte eine symbolische Zusammenfassung des Alten Testaments ist? Und die Amerikaner lesen viel die Bibel, wie du weißt...
– Entschuldigen Sie, aber ich begreife nicht...
– Nun, das ganze Alte Testament hindurch versucht Gott, sein Volk zu *gewinnen.* Zuerst durch Wohltaten, dann durch Versprechen, dann durch Drohungen, schließlich durch Terror. Aber das Volk Israel läßt sich nicht gewinnen, und am Ende gibt Gott es auf. Die letzten Bücher lassen sich folgendermaßen zusammenfassen: Ich bin euer Vater, ich habe alles getan, damit ihr mich liebt, aber ihr habt mich nicht geliebt. Ich habe euch Propheten geschickt, ihr aber

habt sie umgebracht. Von nun an liebe ich euch nicht mehr.
I don't love you anymore...
Das ist tatsächlich eigenartig. Leider kann ich in einer marxistisch philosophischen Abhandlung eine solche Geschichte nicht verwenden, schon gar nicht, wenn sie aus Amerika stammt...

Ich bin noch blau von der Sauferei gestern. Aber ich bereue sie nicht: ich habe Solntsew entdeckt. Zwischen uns hat sich etwas ereignet, das ich nicht recht verstehe, das ich aber nie vergessen werde. Er auch nicht, glaube ich.
Freilich gibt es in ihm viele Überreste der furchtbaren Zeit der kapitalistischen Umzingelung, der Personenkulte, der »Sabotagezeit«, wie es der Generalsekretär der Partei ausdrückt. Aber welche Offenheit, welche Menschlichkeit, welche Wärme, welcher Charakterreichtum!
Ich hatte ihn eingeladen, um mit ihm den Jahrestag der Oktoberrevolution zu feiern. Ich hatte Feuer im Kamin gemacht, einen Imbiß vorbereitet und eine Flasche Wodka gekauft. Dann kam er, nach dem Abendessen, mit einer zweiten Flasche... Wir haben sie beide geleert, und zu meiner Schande muß ich gestehen, daß diesmal ich es war, der am meisten getrunken hat.
Ich habe nicht gleich gemerkt, daß ich betrunken war. Ich fühlte mich nur aufgewärmt, sehr glücklich und gesprächig, geradezu geschwätzig. Ich hatte keine Hemmungen. Ich wagte es, als erster, auf den Abend im September zurückzukommen:
– Ich habe mich nicht getraut, es dir zu sagen, Genosse, aber du brauchst keine Angst vor mir zu haben. Ich weiß, daß du ein anständiger Mensch bist, ein wahrer Kommunist. Wenn du es nicht wärst, wer dann? Was du an diesem Abend gesagt hast, das meinst du doch nicht wirklich? Du hast nur eine Anfall von Weltschmerz gehabt, nicht?

Ich ging herum, ich sprach sehr laut, ich gestikulierte... Er antwortete begütigend: »Aber ja, aber ja...« und bewegte mich dazu, mich wieder zu setzen. Als ich mich etwas beruhigt hatte, goß ich mir noch ein Glas ein, trank einen Schluck und fragte:

– Und dein Roman? Hast du eine Lösung gefunden?

– Ja, ich habe eine.

Ich war heilfroh, sprang auf und umarmte ihn.

– Und? Welcher von beiden heiratet Mascha?

– Keiner von beiden. Ein anderer.

– Ein anderer?

– Ja. Einer, der noch besser arbeitet als die beiden. Er heiratet sie, später schlägt er sie.

Ich starrte ihn fassungslos an. Ich war nicht sicher, ihn richtig verstanden zu haben. Da packte er mich bei den Schultern, lachte laut heraus und schrie mir ins Gesicht:

– Doch, doch! Er schlägt sie, verstehst du? Er prügelt sie windelweich.

Ich weiß nicht, was mich da überkam, jedenfalls fing auch ich an zu lachen, Tränen zu lachen, ohne aufhören zu können. Wir lachten wie verrückt, wir lagen uns in den Armen und lachten gute fünf Minuten lang. Vielleicht ist das der amerikanische Humor...

Dann richtete ich mich auf und sagte ernst, aber im Tonfall eines Parteifunktionärs:

– Aber Genosse, das ist doch nicht charakteristisch!

– Doch, und wie charakteristisch! Wußtest du nicht, daß der Russe es liebt, geschlagen zu werden?

– Nein, das wußte ich nicht.

– Hör mal, sagte er leise zu mir (er stockte beim Sprechen, auch er war schon ziemlich angeheitert): du kennst doch die Geschichte vom falschen Dimitrij, dem *Samoswanez*?

– Selbstverständlich.

– Und weißt du, wer Nero war?
– Ja, ein römischer Kaiser, sehr grausam...
– Genau. Sehr grausam. Und dennoch gab es nach seinem Tod einen falschen Nero. Ja, ja, einen Samoswanez, der sich für ihn ausgab. Und er hat Anhänger gehabt!
– Wie das?
– Weil die Römer es liebten, geschlagen zu werden... Weißt du, was ich gerne schreiben würde?
– Was?
– Die Geschichte von einem falschen Stalin.
– Aber es hat doch keinen falschen Stalin gegeben!
– Nein. Es wäre ein Märchen. Aber ein wahres Märchen...
Ich hatte plötzlich das Gefühl, daß wir uns auf gefährlichem Boden bewegten. Ich sagte:
– Stalin war ein großer Mann, trotz seiner Fehler...
– Ja, du hast recht. Das nennt man einen großen Mann. Nero auch, vielleicht...
Im nächsten Augenblick, scheint mir, saßen wir beide. Er im Sessel am Kamin, ich am Tisch zusammengesackt, den Kopf auf den verschränkten Armen. Wir hatten eine Platte mit einem Volkschor gehört. Das Grammophon lief immer noch, leer, aber keiner stand auf, um es abzuschalten. Wir schauten ins Feuer. Plötzlich sagte Solntsew:
– Du wirst die Nichtexistenz des blauen Männleins nicht beweisen.
– Warum?
– Weil du es nicht kannst. Es ist nicht möglich. Man kann sie nicht beweisen.
– Aber dann...
– Hör mal. Eines Tages wirst du verstehen, das weiß ich...
– Was werde ich verstehen?
– Die Wahrheit. Nein, nicht die Zeitung, die wirkliche

Wahrheit. Hab dann keine Angst – nein, du wirst keine Angst haben. Warum hättest du Angst vor *ihm?*
– Vor wem?
– Laß mich ausreden. Wenn du aber Angst vor den *andern* hast, dann komm gleich zu mir. Das ändert zwar nichts, aber komm trotzdem. Du brauchst keine Angst zu haben, mich zu kompromittieren: ich bin sowieso am Ende...
Ich sprang auf und hätte mich ihm fast zu Füßen geworfen. So darf er nicht reden, er nicht! Er, der Stolz unseres Landes, mein großes Vorbild, er, den ich verehrte, seit ich zum ersten Mal die *Alte Garde* las. Für mich muß er stark sein, stärker als ich, stärker als alle andern! Ich werde nicht zulassen, daß er sich herabwürdigt...
Er sah mich schweigend an. Er hatte sonderbare Augen, als ob er den Tränen nahe wäre.
Und dann befanden wir uns in meinem Zimmer. Ich nehme an, daß er mich die Treppe hinaufgetragen hat, denn ich konnte kaum noch stehen. Er brachte mich ins Bett. Dann setzte er sich auf den Bettrand und nahm meine Hände:
– Du vergißt es doch nicht? Du kommst zu mir? Versprichst du es mir?
– Ja.
Er nahm mich in die Arme und murmelte:
– Du bist in Ordnung, du bist wahr...
Ich schloß die Augen ... und das ist alles. Ich habe nicht einmal gehört, wie er hinausgegangen ist. Ich muß in einen bleiernen Schlaf gefallen sein, bis heute morgen.
Ich habe von der Putzfrau erfahren, daß er nachts in der Hauptstraße herumgegangen ist und laut »absurde« Reden geführt hat. Sie konnte oder wollte mir nicht sagen, was das für Reden waren. Das beunruhigte mich. Ich habe Angst, daß er sich kompromittiert hat.

Ich habe es gesehen.
Heute morgen habe ich mich wieder an die Arbeit gemacht, nachdem ich eine kurze Grippe überstanden hatte. Eine Erkältung wahrscheinlich, die ich mir nach der Zecherei geholt hatte. Ich habe zu überlegen begonnen. Aber so sehr ich mir auch den Kopf zerbrach, es kam nichts dabei heraus. Man kann mit Leichtigkeit die Nichtexistenz des unendlichen Wesens beweisen, des allmächtigen Gottes, des Schöpfers von Himmel und Erde ... und angesichts einer so absurden, so sinnlosen Phantasiegestalt wie dem blauen Männlein, dachte ich, ist man wehrlos, findet man kein einziges Argument.
Warum eigentlich sollte es keine kleinen Männlein geben, etwa wie Swifts Lilliputaner oder die Zwerge in den deutschen Märchen? Man hat zwar noch nie welche gesehen, ich meine, wissenschaftlich beobachtet, aber kein Naturgesetz widerspricht ihrer Existenz. Und warum kein blaues Pigment? Es ist zwar nicht ganz ersichtlich, wozu es gut sein sollte, aber das Studium der Naturwissenschaften zeigt uns noch ganz andere Seltsamkeiten.
Allmählich fühlte ich mich unbehaglich. Wenn Solntsew recht hätte, wenn die Nichtexistenz des blauen Männleins unbeweisbar wäre? Was würde dann aus mir? Denn wenn ich das Vertrauen der Partei nicht mit dem Beweis der Nichtexistenz des blauen Männleins rechtfertige, weiß ich nicht, was ich hier noch zu suchen habe...
Soweit hatte ich meine Überlegungen gebracht, mein Kopf war fast leer vor lauter Konzentration auf dieses eine Thema. Und da, als ich zum Kamin blickte, habe ich es gesehen, *es*, von der Seite, auf einem Scheit am Feuer sitzend. Es saß dort bewegungslos, die Pfeife im Mund, den Rükken leicht gekrümmt und schaute in die Flammen, bisweilen mit dem Kopf nickend, wie Solntsew. Es war – oder besser, es *ist* – in blaues Tuch gekleidet, nach Art der chine-

sischen Bauern. Sein Gesicht sah ich nicht, aber seine Hand, die den Pfeifenkopf hielt, war himmelblau und unglaublich zart. Ich habe mich nicht bewegt. Ich kam nicht einmal auf die Idee, mich zu bewegen. Ich brauchte mich ihm weder zu nähern noch es zu berühren, um die Gewißheit zu haben: *es war da*. Da nahm es die Pfeife aus dem Mund, wandte sich um und sah mich an. Mit demselben Blick wie Solntsew am Jahrestag der Oktoberrevolution: ein fast kindlicher Blick, offen, treuherzig und zutraulich zugleich, mit einem Hauch von Mitgefühl, das mir die Kehle zuschnürte. Wir haben einander ziemlich lange angesehen – ich weiß nicht, wie lange. Wir waren allein, ich war wunschlos glücklich, der Große Friede war da. Dann steckte es die Pfeife wieder in den Mund und verschwand. Solntsew hat es gesehen, da bin ich fast sicher. Und von ihm hat er gesprochen, als er mir sagte, ich solle keine Angst haben. Ich erinnere mich ... ich erinnere mich an alles ...

Gleich darauf habe ich den Mantel angezogen und bin zu Solntsew hinübergegangen. Ich wollte ihm sofort von *ihm* erzählen. Aber in seinem Haus traf ich nur einen übrigens sehr netten jungen Mann an, der am Morgen eingezogen war. Man habe ihm das Haus zugeteilt, erklärte er mir, weil er einen Roman über die Textilarbeiter schreiben solle. Ich fragte ihn:

– Und der vorige Bewohner?

– Den kenne ich nicht. Als ich ankam, war das Haus leer.

– Und ... war da kein Brief für mich? Keine Nachricht, keine Papiere, nichts?

– Nein, nichts.

Ich ging nach Hause, halb wahnsinnig vor Angst. Ich bin sicher, daß Solntsew verhaftet worden ist. Wenn er freiwillig gegangen wäre, hätte er sich zweifellos von mir verabschiedet.

Am Abend ist das Männlein wiedergekommen, um seine Pfeife bei mir am Kamin zu rauchen, und wieder war der Große Friede da.

Solntsew ist in Haft.
Heute morgen wurde ich von einer Gruppe Aktivistinnen geweckt, die meine Unterschrift auf einer Petition verlangten, in der die Todesstrafe für ihn gefordert wird. Ich habe den Text aufmerksam gelesen. Es hieß darin, daß sich Solntsew während seiner Kulturmission in USA an den amerikanischen Geheimdienst verkauft habe und daß ihm nach seiner Rückkehr regelmäßig Geld zugegangen sei, über die Botschaft der »Pseudovolksrepublik China«. Ich fragte:
– Sind Sie denn sicher, daß das alles wahr ist?
– Hör mal, Genosse, hast du vielleicht kein Vertrauen zur Partei?
Ich habe die Frau angesehen, die das sagte, und habe sie wiedererkannt: sie war aus dem Dorf und besorgte den Haushalt bei Solntsew. Sie wurde ungeduldig:
– Also, Genosse, worauf wartest du? Unterschreibe! Das ganze Dorf hat schon unterschrieben! Sobald wir hier fertig sind, können wir essen gehen.
Ich habe unterschrieben. Wie die Dinge stehen, ändert das sowieso nichts. Aber wenn ich jemals gehaßt habe, in meinem ganzen Leben, ich meine, tödlich gehaßt habe, dann dieses Weibsstück ohne Hirn und ohne Herz, das überzeugt ist, den Fortschritt der Geschichte zu verkörpern!
Das blaue Männlein war wieder da. Ich lese meine vorige Eintragung und muß lächeln. Ja, diese beispielhafte Frau ist tatsächlich die Verkörperung der Geschichte. Die Geschichte ist eine Hure. Na und? Das gilt nicht nur für heute oder gestern, das war immer so.

Jetzt wohne ich schon seit fast sechs Monaten in diesem Haus.
Meine Abhandlung wird unvollendet bleiben – was völlig unwichtig ist. Leider steht zu befürchten, daß auch mein Leben unvollendet bleiben wird, was freilich auch nur von sehr bedingter Wichtigkeit ist...
In der *Wahrheit* von heute morgen habe ich einen ziemlich scharfen Artikel gegen die »sogenannten kommunistischen Philosophen« gelesen, die sich auf Staatskosten aushalten lassen und nicht die geringste Leistung erbringen. das ist genau mein Fall, bis auf die Tatsache, daß ich kein Kommunist mehr bin und nie Philosoph war. Ich muß also darauf gefaßt sein, demnächst verhaftet zu werden.
Das blaue Männlein kommt jeden Tag, sogar mehrmals täglich. Ich schaue es an und trinke.

Alles ist bereit, der Strick und der Balken. Es fehlt nur noch der Mann dazu. Mit der Post schicke ich dem Volkskommissar die Bibel und folgenden Begleitbrief:

Lieber Genosse,
seit unserer letzten Besprechung habe ich nach Ihren Anweisungen gearbeitet und bin zu dem Ergebnis gekommen, daß die Nichtexistenz des blauen Männleins unbeweisbar ist, und zwar aus dem guten Grunde, weil *es existiert.* Ich habe es gesehen, ich sehe es jeden Tag. Eben jetzt, während ich Ihnen schreibe, sitzt es am Feuer und raucht seine Pfeife.
Es ist Gott. Ein bescheidener Gott, zugegeben, in seiner einfachsten Erscheinungsform, aber gerade dadurch um so bewegender und, wie ich Ihnen versichern kann, unzerstörbar.

Sie werden einsehen, daß mir nach dieser Entdeckung der Marxismus-Leninismus als eine sehr plumpe, beinahe lächerliche Doktrin erscheinen muß. Ich bin also ein Renegat und weiß als solcher, was mich erwartet. Da ich keinen Wert darauf lege, gestehen zu müssen, ich hätte amerikanisches Geld über die chinesische Botschaft bekommen, habe ich beschlossen, meinem Leben noch heute ein Ende zu setzen. Auf diese Weise werde ich Ihnen keine Schwierigkeiten machen.
Ich danke Ihnen für alles, was Sie für mich getan haben und was bessere Früchte hätte tragen können, wäre die Wahrheit nicht, was sie ist.

Sobald ich fertiggeschrieben habe, bringe ich mein Paket zur Post. Dann werde ich dieses Tagebuch in die Kassette einschließen, in der Solntsew die Bibel gefunden hat, und diese nicht im Keller (der Kommissar kennt das Versteck), sondern im Garten vergraben. Der Schnee wird meine Spuren und die lockere Erde schnell bedecken. Ich überlasse mein Tagebuch seinem Schicksal.
Endlich werde ich einen Schluck trinken, den letzten, und tun, was ich zu tun beschlossen habe.
Das blaue Männlein ist da. Es sitzt auf einem Scheit, die Pfeife in der Hand. Es sieht mich an. Und wenn es mich ansieht, ist alles andere bedeutungslos. Ich bin glücklich.

(1960)

In der Haut eines anderen

Lieber Klubxgraf,
Sicher fragst Du Dich, ob ich nicht tot bin. Du kannst beruhigt sein: ich bin es nicht.
Bei meiner Ankunft auf der Erde hatte ich das Glück, fast sofort das zu finden, was ich brauchte. In der kleinen Stadt Deppenheim lag ein Mann in der Agonie. Er hieß Peter Flixbart, war fünfunddreißig Jahre, was bei den Erdlingen das beste Alter ist, und lebte allein in einem entlegenen Häuschen, das ihm selbst gehörte. Ich hätte es schwerlich besser treffen können! Sobald sein Herz stillstand, nahm ich seinen Körper in Besitz, reinigte ihn von den Mikroben, die ihn verseuchten, brachte seinen Blutkreislauf wieder in Gang und war nun er: ich verfügte über alle seine Kenntnisse, alle seine Erinnerungen und war gesund. Für die Leute hier lebt Peter Flixbart noch, nachdem er auf unerklärliche Weise von einer tödlichen Krankheit genesen ist.
Seither mache ich mich – nicht ohne Schwierigkeiten – mit der Lebensweise und den Gewohnheiten meines Wirts vertraut. Das Problem ist nicht so sehr, die Gestalt eines Menschen anzunehmen, sondern vielmehr, ihn abzulösen, sein Leben weiterzuleben, ohne das Mißtrauen seiner Artgenossen zu erwecken ... Ich kann mich nicht rühmen, das geschafft zu haben, denn die irdische Empfindsamkeit ist ganz anders als die unsere. Nicht nur sind die Erdlinge andauernd Gefühlen unterworfen, sie glauben auch noch, diese durch eine unvorstellbare Vielfalt von Schreien, Gebärden, Worten, Betonungen äußern zu müssen. Ihr Sprache an sich ist leicht, aber man muß sie mit dem richtigen

Rhythmus, der richtigen Modulation sprechen, fast singen, auf höchst subtile Weise, je nach den winzigsten Nuancen von Interesse, Neugier, Sympathie, Mitleid, Widerwillen, Freude oder Angst, die vom Sprechenden erwartet werden. Diese Technik beherrsche ich noch lange nicht und gelte daher bei den Leuten als sonderbar, kalt. Meine Nachbarn tuscheln unter sich, daß Peter Flixbart seit seiner Krankheit nicht mehr ganz derselbe sei, daß sie ihn hart und egoistisch gemacht habe...

Und dabei gebe ich mir die größte Mühe, das versichere ich Dir! Freilich gibt es unter den irdischen Gefühlen solche, die vernünftig sind, und man braucht sich nur – mit großer Übertreibung – vorzustellen, was ein Marsling unter denselben Umständen empfinden würde, aber leider gibt es auch andere, die mir auch jetzt noch unverständlich bleiben. Ich gebe Dir ein Beispiel: gewisse Vorgänge, gewisse Worte, gewisse Situationen rufen bei den Erdlingen eine Art unvollständigen Tetanus hervor, eine Folge unwillkürlicher Verkrampfungen des Unterleibs verbunden mit dem Ausstoß unzusammenhängender Laute. Sie nennen das: *lachen*. Dieses Phänomen regt nicht nur die Atmung an, sondern verschafft ihnen auch eine höchst angenehme Empfindung, so daß sie zahllose Geschichten, Lieder, Anekdoten eigens dazu geschaffen haben, die Leute zum *Lachen* zu bringen.

Das Lachen habe ich in ein paar Wochen leicht gelernt, aber man muß auch noch bei der richtigen Gelegenheit lachen! Was bringt nun die Erdlinge zum Lachen? Offenbar wissen sie es selbst nicht, wenn man sie danach fragt. Auf den ersten Blick scheint es, daß die Krise meist durch den Anblick von Ungeschicklichkeit, Dummheit, Tolpatschigkeit ausgelöst wird. Man lacht noch leichter und noch öfter, wenn ein Lebewesen von den unvorhergesehenen, aber unausweichlichen Folgen seines Handelns überrascht oder gar geschädigt wird. Ein Beispiel, das ich mit eigenen Augen gesehen habe: ein Mann pißt gegen den Wind und bespritzt sich selbst. Jedermann findet das zum Lachen. Auf dieses Schema kann man sich allerdings nicht ganz verlassen, weil es nicht alle Arten des Lachens einbezieht und eine Reihe Vorfälle als lächerlich erscheinen lassen könnte, die die Erdlinge dagegen sehr ernst nehmen oder sogar traurig finden. Einmal hielt ich es für richtig zu lachen, als man mir die Geschichte von Roland erzählte, einem berühmten Helden des französischen Altertums. Dieser Roland, heißt es, sei bei einem Nachhutgefecht in den Pyrenäen vom Feind eingeschlossen worden und habe ins Horn gestoßen, um das Hauptheer zurückzurufen, habe dabei aber so stark in sein Instrument geblasen, daß seine Adern geplatzt seien. Nun, ich habe mich geirrt, das ist nicht komisch, und mein Heiterkeitsausbruch wurde einmütig mißbilligt. Man muß sich also hüten, im falschen Augenblick zu lachen, aber man darf sich auch nicht systematisch enthalten, denn unter bestimmten Umständen gilt es als unschicklich und manchmal sogar beleidigend, überhaupt nicht zu lachen...

Das ist aber nur eine von vielen Schwierigkeiten, auf die ich zu jeder Stunde des Tages stoße, sobald ich nicht mehr allein bin. Die Erdlinge entwickeltn einen unvergleichlichen Einfallsreichtum, um alle Vorgänge ihres Lebens, selbst die natürlichsten, zu komplizieren, zu kodifizieren und zu ritualisieren.

Das Essen zunächst. Du weißt, daß sie ihre Nahrungsmittel erhitzen, um sie verdaulicher zu machen. Aber überdies sind sie darauf verfallen, jede Mahlzeit in fünf bis sechs *Gänge* zu unterteilen sowie jeden dieser Gänge nach einem sogenannten *Rezept* zuzubereiten, das heißt eine genau festgelegte Reihenfolge von Operationen, bei denen die Zeiten, die Mengen, die Verhältnisse, der Erhitzungsgrad vorgeschrieben sind und jede Zutat exakt gezählt, gemessen

oder gewogen wird. Und es handelt sich nicht um fünf oder sechs Rezepte, sondern um Hunderte, die ganze Bücher füllen.
Damit ist es noch nicht abgetan: Wenn die Speisen erst einmal fertig sind, nimmst Du sicher an, daß sie sie an Ort und Stelle verzehren? Das wäre viel zu einfach! Sie bringen sie zuerst auf einen *Tisch*, eine Art erhöhtes Möbelstück, und setzen sich selbst auf *Stühle*, die auch erhöhte Möbel sind, aber etwas niedriger als der *Tisch*. Dann schaufelt jeder seinen Anteil in einen eigenen Teller und führt ihn Stück für Stück zum Mund mit Hilfe von zwei oder drei Instrumenten, die zuvor in strenger Ordnung auf dem *Tisch* vor jedem *Stuhl* ausgelegt worden sind. Ich habe lange geglaubt, nur die reichen Familien könnten sich einen solchen Zeitverlust, solch überflüssigen Luxus leisten, aber nein: der Ritus der Mahlzeiten wird gewissenhaft beobachtet, selbst in den bescheidensten Haushalten.
Wie sie Möbel zum Essen erfunden haben, haben sie auch solche zum Schlafen erfunden, die sie *Betten* nennen: komplizierte Zusammenstellungen aus Holzlatten, großen und kleinen Kissen und Stoffstücken, die mehrfach gefaltet und ineinandergesteckt werden. Da schlüpfen sie abends hinein, umwickeln sich damit, fesseln sich buchstäblich, nachdem sie ein spezielles Kleidungsstück angelegt haben.
Sie haben auch Möbel zum Scheißen. In jeder Erdlingsbehausung, sei sie individuell oder kollektiv, gibt es mindestens einen Raum zum Scheißen, einen Raum, in den man sich eigens dazu und nur dazu begibt, wobei man merkwürdigerweise die Tür verriegelt. Denn scheißen vor anderen ist hier *lächerlich,* als ob dieses Unternehmen (das doch das natürlichste, das allgemeinste der Welt ist!) die Folge einer Ungeschicklichkeit, eines Fehlers wäre, eine unangenehme Überraschung, ein unerwartetes Ergebnis aus der Tatsache, daß man lebt und sich ernährt...

Am sonderbarsten ist jedoch bei weitem, was sie *Liebe* nennen.
Du mußt wissen, daß die Erdlinge zweigeschlechtlich sind und ihre Fortpflanzung nur durch die Befruchtung eines weiblichen Individuums durch ein männliches erfolgen kann. Diese Befruchtung betrachten sie als das größte Vergnügen des Lebens, und es kommt vor, daß mehrere Paare zusammenkommen, um es gemeinsam zu genießen, indem sie von Zeit zu Zeit die Partner tauschen. Ich selbst mußte mich bei solchen Gelegenheiten, um keinen gefährlichen Verdacht aufkommen zu lassen, zwingen, zwei oder drei Weibchen zu befruchten. Während der Körper Peter Flixbarts mechanisch den Gesetzen seiner Gattung gehorchte, fragte ich mich insgeheim, welche Lust ein männlicher Erdling empfinden könne mit einem Wesen, das so verschieden von ihm ist wie der weibliche Erdling. Aber was soll's, wenn die Natur sie so geschaffen hat...
Im Prinzip also, von wenigen Ausnahmen abgesehen, wird der Erdling von den Erdlingen des anderen Geschlechts angezogen, aber nicht von allen, merkwürdigerweise. Die meisten *verlieben sich,* wie sie das nennen: sie werfen ihr Augen auf ein einziges Mitglied des anderen Geschlechts, das sie von nun an zu ihrem ausschließlichen Partner machen wollen. Alle anderen interessieren sie auf einmal nicht mehr, täglich treffen sie Dutzende davon, die gerade so gut wären, aber nein: sie wollen nur eines, das, das sie gewählt haben.
Diese sonderbare Perversion, die so offenkundig den Interessen der Gattung widerspricht, ist dennoch praktisch allgemein verbreitet. Überdies gilt sie, trotz ihrer Gefahren, als tugendhaft, nachahmenswert und sogar rührend. So kommt es ziemlich häufig vor, daß sich ein Erdling in einen anderen verliebt, der aber nicht ihn, sondern einen dritten liebt, oder daß zwei Erdlinge desselben Geschlechts sich in

denselben Erdling des anderen Geschlechts verlieben. Daraus entwickeln sich manchmal wahre Dramen! Und stell Dir vor, die Erdlinge sind ganz verrückt auf solche Dramen, ihre Literatur wimmelt von Qualen, Verbrechen, Selbstmorden aus Liebeskummer. Auch darüber glaubte ich lange, lachen zu müssen, aber das war ein Irrtum. Über die Opfer der großen Liebe lachen die Erdlinge nicht, selbst wenn sich diese ihr Unglück selbst zuzuschreiben haben. Im Gegenteil, sie fühlen mit diesen Verblendeten, Wahnsinnigen, Selbstmördern, Verbrechern. Mehr noch, als ob es nicht schon genug wahre Geschichten dieser Art gäbe, erfinden sie noch jede Menge dazu!

Denn ich habe Dir noch nicht alles erzählt, sondern das Beste für den Schluß aufgehoben: die Erdlinge lügen! Sie lügen nicht nur, wie wir, aus List, um den Gegner zu täuschen, um sich unverdiente Vorteile zu verschaffen oder um einer verdienten Strafe zu entgehen. Das tun sie zwar auch, natürlich, aber das ist nicht der häufigste Fall. Sie lügen vor allem aus Spaß, aus Spiel, zwecklos, sie wetteifern miteinander im Lügen und wissen die begabtesten Lügner kennerisch zu schätzen, sie bezahlen sogar, um sie zu hören!

Ich habe mich oft gefragt, woher sie die Leichtigkeit nehmen, Trugbilder zu fabrizieren, einfach durch leeres Gerede und durch willkürliche Verbindung von Symbolen. Ich glaube, die Antwort gefunden zu haben: Diese Fähigkeit kommt seltsamerweise von einer Unfähigkeit, aus ihrem Unvermögen, sich ohne irgendeine Sprache mitzuteilen.

Die Erdlinge sind nämlich nicht in der Lage, psychisch miteinander in Verbindung zu treten, nicht einmal auf kurze Entfernungen. Man sieht hier nicht selten zwei Personen, die sich bestens kennen, im selben Zimmer sitzen, wo sie dennoch miteinander reden müssen, um sich zu verstehen. Durch den dauernden Gebrauch der Wörter fangen sie sehr bald an, mit ihnen zu spielen: sie konstruieren grammatikalisch korrekte Sätze, die aber nichts der Wirklichkeit Entsprechendes enthalten. So bauen sie manchmal endlose Geschichten auf und bewirken damit im Kopf ihrer Zuhörer eine Art Pseudokenntnis von Menschen, Dingen, Gemeinwesen, die es nie gegeben hat, von Ereignissen, die nie stattgefunden haben... Nicht, daß der Zuhörer sich täuschen ließe: er ist sich der Lüge bewußt und akzeptiert sie als solche. Gleichzeitig genießt er diese Information, die keine ist, sich aber durch die Vorstellungskraft gewissermaßen aufdrängt. Auf der Erde wie auf dem Mars ist die Vorstellung schon der halbe Glaube.

Aus diesem Grund ist die Erdliteratur nicht wie die unsere rein historisch und dokumentarisch, sondern beruht zum Großteil auf Fiktion. Aber es gibt nicht nur die geschriebene Literatur: da ist die Malerei, das heißt die Darstellung meist fiktiver Landschaften, Szenen oder Porträts auf dazu vorbereiteten Flächen; da ist das Theater, ein eigens errichtetes Gebäude, wo eigens dafür bezahlte Schauspieler zu bestimmten Zeiten in einer künstlichen Umgebung vor hunderten zahlenden Zuschauern Taten, Reden, Personen, Situation vortäuschen, die mit dem wirklichen Leben nichts zu tun haben; da ist schließlich der Film, die Kunst nämlich, mittels laufender Bilder zu lügen.

Dieses Spiel ist allerdings nicht ungefährlich, denn durch allzu häufigen Gebrauch nutzen sich die Symbole ab. Daher sind die hervorragendsten Lügner jene, die nicht nur inhaltlich, sondern auch in der Ausdrucksweise eigene Erfindungen bringen, die durch neue Formulierungen der Gewöhnung, dem Überdruß des Publikums entgegenwirken.

Zwischen der nützlichen Lüge (der unseren) und der spielerischen gibt es noch ein nicht leicht abzugrenzendes Mittelding, die Halbwahrheiten. Diese sind hauptsächlich für den öffentlichen, ja offiziellen Gebrauch bestimmt. Manche

empfehlen sich für das Glaubensbedürfnis der Massen, aus Gründen der geistigen Hygiene: so die religiösen Lehren. Andere werden zur Beförderung der politischen Disziplin vorgeschrieben, obwohl niemand ernsthaft an sie glaubt: das ist der Fall bei Statistiken, Parteiprogrammen, gesellschaftlichen Ideologien. Diese Art Lügen schätze ich nicht sehr, da allzu oft ungeschickte, verantwortungslose, engstirnige Individuen mit ihnen betraut werden, was zu zahllosen Mißverständnissen und zu ständigen Kollektivverbrechen führt. Dagegen muß ich gestehen, daß mir die literarische Lüge seit kurzem Vergnügen bereitet. Sich etwas auszudenken, sogar ohne daran zu glauben, gibt einem ein Gefühl unglaublicher Freiheit, einer Art souveränen Herrschaft über die Welt. Wenn man seine Phantasiegebilde andern erzählt, bringt man sie gewissermaßen dazu, an dieser selbst geschaffenen Vorstellungswelt teilzuhaben, in ihr zu leben. Das ist äußerst angenehm und manchmal gerade zu ein Hochgenuß.
Daher habe ich auch lügen gelernt. Das ist für mich der beste Zeitvertreib bis zu meiner Begnadigung oder, wenn sie nicht erfolgen sollte, bis zum Tod unseres Herrschers, den zu wünschen ich mir natürlich versage, der mir aber dennoch gelegen käme... Teile mir bitte sofort mit, wenn es soweit ist. Ich brauche mich dann nur noch Peter Flixbarts zu entledigen, indem ich ihn vor ein Auto werfe, und kann endlich auf unseren geliebten Planeten zurückkehren.
In Erwartung Deiner baldigen Antwort über unsere Trägerwelle umzüngle ich Dich

Dein Freund

Lobzmork

Wer sind Sie, Herr Weihnachtsmann?

– Sie möchten den Weihnachtsmann sprechen? fragt mich der Engel mit mißtrauischer Miene.
– Ja, ich möchte den Weihnachtsmann sprechen.
– Sind Sie sicher?
– Ja.
– Wollen Sie wirklich zum Weihnachtsmann?
– Ja, zum Weihnachtsmann.
Der Engel sieht mich kopfschüttelnd an. Dann fügt er zögernd hinzu:
– Wollen Sie nicht lieber ... zum Christkind?
Ich stelle mich dumm:
– Zum Christkind? Warum denn zum Christkind?
– Überlegen Sie es sich noch, sagt der Engel gütig. Meinen Sie nicht, daß Sie statt dem Weihnachtsmann lieber mit dem Christkind sprechen sollten?
– Ich glaube nicht.
– Und warum? Haben Sie etwas gegen das Christkind?
– Ich habe nichts gegen das Christkind, aber in meiner Angelegenheit muß ich mit dem Weihnachtsmann sprechen.
– Wie Sie wünschen, seufzt der Engel.
Er führt mich durch einen langen Gang. Auf der rechten Seite sind Fenster, durch die man andere Gebäude erblickt, auf der linken Türen, an denen ich nacheinander lese:

CHRISTKIND
Lager
Ohne Anklopfen eintreten

CHRISTKIND
Buchhaltung
Beim Eintritt anklopfen

CHRISTKIND
Sekretariat
Anklopfen, dann eintreten

CRISTKIND
Vorstand
Anklopfen, nicht eintreten

Vor dieser letzten Tür bleibt der Engel stehen und sagt:
– Da sind wir.
Ich antworte so höflich wie möglich:
– Wollen Sie mich auf den Arm nehmen? Glauben Sie denn, ich kann nicht lesen? Ich habe Ihnen doch gesagt, daß ich zum Weihnachtsmann will!
Er läßt sich nicht aus der Fassung bringen:
– Schon, aber das ist ein Fehler. Das Christkind sollten Sie sprechen...
– Herrgott...
Der Engel fällt mir entsetzt ins Wort:
– Nicht fluchen, um Himmels willen!
– Verzeihung, ich wollte sagen: halleluja nochmal! Ein für allemal, nein, nein und nochmals nein, ich will nicht das Christkind sprechen, sondern den Weihnachtsmann! Und nur den Weihnachtsmann! Haben Sie verstanden? Haben Sie begriffen? Den Weihnachtsmann!
Diesmal hat es bei dem Engel gefunkt. Er zerdrückt mit dem Zeigefinger eine verstohlene Träne und geht weiter. Ganz am Ende des Gangs kommen wir zu einer seltsam staubigen hölzernen Wendeltreppe. Übellaunig gibt mein Führer von sich:

– Da unten, ganz unten. Man wird Ihnen schon Auskunft geben...
– Danke.
Doch als ich bereits hinuntersteige, fügt er schnell hinzu:
– Wissen Sie, es ist nie zu spät...
Der Kerl ist hartnäckig! Boshaft vergnüge ich mich damit, ihn an der Nase herumzuführen, ihm noch eine Chance zu geben:
– Zu spät wozu?
Er zögert, er stottert:
– Also, ich will sagen... Sie können immer noch... Falls Sie ... ich weiß nicht ... falls Sie lieber doch... Kommen Sie ruhig zurück... Nur keine falsche Scham... Es gibt mehr Löcher im Himmel für eine reuige Nadel als für neunhundertneunundneunzig Kamele... Falls Sie nach reiflicher Überlegung vielleicht doch Lust haben, zu ihm...
– Zu wem?
Er flüstert zaghaft:
– Nun ... zum Christkind...
Ich antworte sanft, mit mildem Lächeln:
– Geh, laß dich rupfen, du Hendl!
Der Engel zuckt zusammen, unterdrückt ein Schluchzen und zieht ab.
Ich steige die Stufen hinab. Ganz unten gelange ich in muffige, schlecht beleuchtete Kellerräume mit niedriger Decke, wo dennoch eine unglaubliche Geschäftigkeit herrscht: Engel kommen und gehen, tragen Akten, Pakete, Päckchen, ziehen Wagen hinter sich her... Manche fahren sogar elektrische Gepäckzüge wie die, die man in den Bahnhöfen sieht. Sie gehören offenbar einer niedrigen Engelkaste an, ihre Glorienscheine sind stumpf, ihre Flügel zerzaust... Überall liegt Spielzeug herum, nach Arten zusammengehäuft. Es ist billige Ware: unbewegliche Puppen, Plastik-

figürchen, schlecht gemalte Bilderbücher, auf Pappe aufgenähtes Gerät für die Puppenküche... Ich spreche einen Engel im Arbeitsanzug an, der eine Ladung Miniraketen in einem Flaschenkorb befördert:

– Verzeihung! Zum Weihnachtsmann, bitte?

– Hier entlang.

Ich gehe in die angegebene Richtung, bis ich in eine Werkstatt voll geflügelter Lastwagen komme. Neben einer Benzinzapfsäule steht ein Mechanikerengel, ebenfalls im Arbeitsanzug, die Flügel voll Schmieröl, und raucht eine Zigarette.

Ich gehe auf ihn zu:

– Verzeihung, ich suche den Weihnachtsmann.

Auch er antwortet mir mit einer Kopfbewegung:

– Da drüben!

Ich wende mich nach *da drüben* und finde ein Büro, das durch eine mit Fenstern versehene Bretterwand von der Werkstatt abgetrennt ist. Drinnen müht sich ein abweisendes, häßliches Tippfräulein mit Fledermausflügeln an einer Schreibmaschine ab.

– Verzeihung, ich suche den Weihnachtsmann.

– Was wollen Sie von ihm?

– Ich komme wegen eines Interviews.

– Sind Sie angemeldet?

– Ja. Ich habe mich sogar verspätet...

– Für welche Zeitschrift?

– Für *Lunatika*...

– Gut, dort drüben.

Mit einer Kopfbewegung (das scheint wirklich die Art des Hauses zu sein!) deutet sie auf eine kleine weiße, kaum wahrnehmbare Tür in der Bretterwand. Ich bedanke mich, gehe hin und klopfe an. Eine rauhe Stimme antwortet:

– Herein!

Ich gehe hinein. Vor mir, hinter einem klapprigen, abgenutzten und wackligen Tisch sitzt ein bärtiger Greis, ganz weiß und fast glatzköpfig. Er hat ein kariertes Hemd und eine schwarze Hose an, deren Beine in roten Stiefeln stekken. Sein Gesicht ist geschwollen, wettergegerbt, kupferfarben, voll von wie mit roter Tinte gezeichneten Äderchen, die von den Backenknochen ausgehen und unter dem Schnurrbart verschwinden. Seine dicken, knotigen Hände wühlen in einem Berg von Briefen, die er nacheinander liest, wobei er mit einem Blaustift Notizen macht.

– Habe ich die Ehre, mit dem Weihnachtsmann zu sprechen?

– Ja. Was wollen Sie?

– Ich komme von der Zeitschrift *Lunatika*...

– Ja richtig! *Lunatika*...

Er scheint vollkommen verwirrt. Suchend blickt er in dem kleinen Raum herum:

– Dann nehmen Sie Platz ... oder besser, hm ... versuchen Sic, cinen Stuhl zu finden...

Sitzgelegenheiten sind tatsächlich Mangelware im Büro des Weihnachtsmanns. Es gibt schon einen Sessel, er hat aber nur drei Beine. Er lehnt hilflos an der Rückwand in schräger Lage, wie eine Frau, die sich hingibt, oder ein untergehendes Schiff. Da ist auch ein Stuhl, aber vollgepackt mit Aktenstößen in sehr ungewissem Gleichgewicht... Ich rühre lieber nicht daran!

– Nehmen Sie diese Kiste da! sagt der Weihnachtsmann.

Ich rücke die Kiste heran, wische den Staub von ihr ab... Ich lasse mich darauf nieder und ziehe mein Notizbuch und den Kugelschreiber aus der Tasche.

– Whisky? fragt der Weihnachtsmann.

– Nein danke, ich trinke nicht. Aber wenn Sie Lust haben, lassen Sie sich durch mich nicht stören.

– Ich werde mir einen genehmigen, sagt er.

Er gießt sich ein großes Glas ein und trinkt einen Schluck. Ich gehe sofort zum Angriff über:
– Wer sind Sie, Herr Weihnachtsmann?
Er schaut mich mit großen Augen an, mit halb erhobenem Glas.
– Wer ich bin?
– Nun ja, wer sind Sie?
– Aber... Ich bin der Weihnachtsmann!
Verflixt! Man sieht, daß der Weihnachtsmann es nicht gewohnt ist, interviewt zu werden. Ich erkläre:
– Was bedeutet das für Sie, der Weihnachtsmann zu sein? Wie fühlen Sie sich dabei?
Er zuckt mit den Achseln:
– Ich weiß nicht... Wie soll ich mich schon dabei fühlen?
Der Kerl ist wirklich nicht kooperativ. Ich muß also nachhelfen:
– Aber es ist doch sicher wunderbar, der Weihnachtsmann zu sein! All die Briefe die Sie bekommen, all die Freude, die Sie bringen, all die kleinen Kinder, die an Sie glauben, die Sie lieben, die Sie vergöttern...
Der Weihnachtsmann nickt matt:
– Ja, ja, natürlich, es ist wunderbar... Die Briefe, die kleinen Kinder... Natürlich... Wollen Sie nicht doch einen Whisky?
– Nein danke, wirklich nicht.
– Dann werde ich, wenn Sie gestatten...
Und er schenkt sich ein zweites Glas ein. Er schnuppert daran, verkostet die Hälfte und wiegt dann nachdenklich den Kopf, den Blick ins Leere gerichtet. Ich glaube, er fühlt sich unbehaglich, besorgt, ein bißchen traurig. Ich versuche, ihn zum Sprechen zu bringen:
– Das geht sicher nicht von alleine... Sie müssen wahnsinnig viel Arbeit haben!
– Oh ja.

– Die ganze Korrespondenz am Jahresende... Die Beschaffung, der Transport... Die Abschaffung der Kamine in den modernen Gebäuden...
– Oh ja.
– Und die Engelsverwaltung macht die Dinge sicher auch nicht leichter...
– Oh nein!
Jetzt reicht's mir allmählich. Wie lange soll das noch so weitergehen? Bildet er sich vielleicht ein, daß ich die Fragen und Antworten bis zum Schluß alleine machen werde? Warte nur! Ich lasse ihn zum dritten Mal einschenken, und genau in dem Augenblick, als er zum Trinken ansetzt, lande ich meinen Schlag:
– Und das Christkind?
Diesmal habe ich ihn! Er läuft rot an und antwortet eisig:
– Ich habe mit dem Christkind nichts zu tun.
– Gewiß...
– Das Christkind macht in seiner Abteilung, was es will, und ich mache was ich will in der meinen. Ich bin ihm keine Rechenschaft schuldig!
– Selbstverständlich!
Seine Stimme wird schärfer:
– Also wenn Sie bis in mein Büro gekommen sind, um über das Christkind zu reden, dann tut es mir leid, Sie hätten sich nicht zu bemühen brauchen. Mit ihm sollten Sie sprechen, nicht mit mir! Es wartet ja nur darauf! Es wird Sie mit offenen Armen empfangen! Ich dagegen, ich habe Ihnen nichts zu sagen!
Jetzt schreit er mich tatsächlich an.
– Aber, aber, Herr Weihnachtsmann, seien Sie doch nicht eingeschnappt... Ihretwegen bin ich gekommen, nur Ihretwegen! Und das war gar nicht so leicht!... Sie können sich denken, daß ich von der Kampagne weiß, die das Christkind und seine Günstlinge gegen Sie gestartet

haben ... Aber gerade deshalb möchte ich Ihnen eine Möglichkeit bieten, Ihren Standpunkt darzulegen, die Dinge ins rechte Lot zu rücken! Die Zeitschrift *Lunatika* stellt sich Ihnen zur Verfügung! Sie möchte Ihre Plattform sein!
Jetzt sagt der Alte nichts mehr. Er trinkt, gießt den vierten Whisky ein ... Dann herrscht lange Schweigen. Aber nun bin ich zuversichtlich, ich weiß, daß er reden wird. Sein Auge ist klar, sein Gesicht hat sich belebt. Die Nase über sein Glas gebeugt, als ob er ihm etwas anvertraute, murmelt er mit dumpfer Stimme:
– Das Christkind! Ich bitte Sie! Ein alter Esel von dreiunddreißig Jahren und mehreren Jahrhunderten! Sich in diesem Alter noch Christkind nennen zu lassen! So etwas Kindisches!
Er leert sein Glas auf einen Zug. Als er nachgießen will, wage ich schüchtern:
– Sie trinken zuviel, Herr Weihnachtsmann.
– Na und? Was macht Ihnen das aus? Ich sterbe nicht daran, da können Sie beruhigt sein!
Aus Trotz wahrscheinlich trinkt er noch einen Schluck. Dann wischt er sich den Schnurrbart ab und kehrt zu seinem Thema zurück:
– Sie natürlich, Sie haben keine Ahnung ... Sie sind nur ein Erdling und sehen das vom Standpunkt Ihres kleinen Sonnensystems ... Bei uns hier, bei uns ist Krieg! Dem Jesuskind die schönen Büros, die reinlichen Lagerräume, die tadellose Kartei, die fleißigen Sekretärinnen, die beste Ware! Mich verbannt man hierher in diese jämmerliche Kammer, die nie gefegt wird, mit einer Tippse, die keine Rechtschreibung kann, mitten in das allgemeine Durcheinander ... Und ich habe nur den schlimmsten Ramsch zu verschenken! Allen alten Plunder, den die Händler nicht mehr wollen, bekomme ich: Zinnsoldaten, die auseinanderfallen, Puppen, aus denen die Holzwolle quillt, Teddy-

bären, die schon vom Anschauen fadenscheinig werden, Schundhefte, die Werke der Klassiker in Kurzfassungen, den ganzen Ausschuß... Wenn ich wenigstens in Ruhe arbeiten könnte! Aber nein, man schießt aus dem Hinterhalt, man belauert mich, man spioniert mir nach! Die Hälfte meiner Engel und sogar meine Sekretärin sind Spitzel des Christkinds. Und wissen Sie warum?
– Weil es Gott ist, wahrscheinlich?
Der Weihnachtsmann verschluckt sich. Er hustet, er ringt nach Luft:
– Weil es Gott ist? Und ich? Bin ich vielleicht kein Gott? Natürlich bin ich einer, und schon viel länger als er! Vor ihm war ich der Gott der Wintersonnenwende, mein Fest war der 25. Dezember, das Fest der Hoffnung...
Sein Zorn ist verraucht. Er hebt den Kopf, seine Augen sind leicht gerötet, die Stimme wird sehr sanft. Träumerisch fährt er in singendem Tonfall fort, als ob er die Übersetzung eines Hymnus rezitierte:
– Sie wußten das vielleicht nicht, aber ich bin der Gott der Hoffnung. Ich bin das Samenkorn unter dem Schnee, der Winterschlaf, das unterirdische, geduldige Wirken... Ich bin der Herr des fruchtbaren Schweigens, der stillen Hartnäckigkeit, der unbeirrbaren Berufung, der hinausgeschobenen Pläne, der langfristigen Projekte... Ich bin der Gott der unverbrüchlichen Treue, der unerschütterlichen Beharrlichkeit und des unauslöschlichen Grolls. Ich bin auch der Gott der verhinderten Talente, der verkannten Genies, der tapfer ertragenen und mutig überwundenen Prüfungen... Sie kennen hoffentlich die Märchen von Aschenputtel und vom häßlichen Entlein? Es sind sehr alte Mythen, Legenden aus meinem Reich... Ich bin der Gott all derer, die schweigen, aber nicht aufgeben.
Ein schöner Ausspruch, muß ich sagen! Ich notiere ihn sofort.

– Aber Herr Weihnachtsmann, alles, was Sie mir da erzählen, ist nicht sehr kindlich ... Ihre Gegner könnten behaupten, die Geschichte vom Christkind wende sich viel direkter an die Kleinen ...
Was habe ich da nur gesagt! Schlagartige Verwandlung. Der Weihnachtsmann fährt hoch und donnert schäumend:
– Ha! Das glauben Sie wirklich! Herzig, die Geschichte vom Jesulein! Rührend, idyllisch! Dieser verzärtelte Rotzjunge, der unter den Röcken seiner Mutter nach Ägypten flieht, während alle Neugeborenen seines Landes für ihn hingemordet werden! Dafür muß er die Kinder wohl lieben! Das ist er ihnen schuldig! Wenn er sich seither nur gebessert hätte ... Aber nein, er ist immer noch so grauenhaft egoistisch! Wissen Sie zum Beispiel, wo im letzten Krieg bei den Luftangriffen die Bomben hinfielen?
– Ungefähr überallhin, nehme ich an.
– Eben nicht! Nicht überallhin! Niemals auf die Kirchen. Wissen Sie auch, warum?
– Hm ... nein.
– Weil die Kirchen die Häuser des Jesuskindes sind, verstehen Sie! Und als guten Hausbesitzer liegt ihm sehr an seinen Gebäuden. Deshalb schickte er jedesmal, wenn eine Stadt bombardiert wurde, seine Engel zu den Kirchen, um sie abzuschirmen und die Bomben auf die Wohnviertel abzulenken, auf Männer, Frauen und wiedermal kleine Kinder!
Der Weihnachtsmann ist außer sich. Er gießt sich mehrere Gläser nacheinander ein, ich komme mit dem Zählen nicht mehr nach. Allmählich wird mir Angst:
– Herr Weihnachtsmann, Sie sollten wirklich nicht soviel trinken ...
– Was befürchten Sie denn? Daß ich mir eine Leberzirrhose hole? Ich bin doch unsterblich!

– Wie Sie wollen. Aber sagen Sie, Herr Weihnachtsmann...

– Was denn noch?

– Was Sie erzählen, ist natürlich hochinteressant... Bitte nehmen Sie es mir nicht übel, wenn ich Ihnen noch eine Frage stelle...

– Ja?

– Und die Moorleichen?

– Welche Moorleichen?

– Tun Sie nicht so, als ob Sie von nichts wüßten. Bekanntlich wurden in den dänischen Mooren vollkommen erhaltene Menschenleichen gefunden, Überreste von Individuen, die zumindest teilweise einem Ritualmord zum Opfer gefallen waren, zu Ehren des Gottes der Wintersonnenwende ... das heißt zu Ihren Ehren, Herr Weihnachtsmann!

Ich bin auf einen neuerlichen Wutanfall gefaßt, aber nein. In großen Mengen beruhigt ihn der Alkohol offensichtlich. Mit verschwommenem Blick antwortet er bedächtig:

– Ja, ja, ich erinnere mich... Na und? Ich bin ein Gott, nicht wahr... Und wir Götter haben allesamt mit der Menschenfresserei begonnen... Der alte Jude wie die anderen auch: denken Sie nur an Isaak, die Tochter des Jephtha... an das Jesuskind selbst...

– Wieso das Jesuskind?

Dem Weihnachtsmann fällt der Kopf auf die Brust. Seine Stimme wird schlafwandlerisch:

– Jaa, das Jesuskind... Die Erlösung war ein Ritualmord, was sonst... Ich jedenfalls habe nie das Blut meines eigenen Sohnes gefordert, ich habe ihn auch nicht einen ganzen Tag lang foltern lassen, nur um mich daran zu ergötzen...

(Wir erinnern daran, daß die Redaktion jede Verantwortung für die Aussagen des Weihnachtsmanns ablehnt!)

Etwas beunruhigt stehe ich auf:

– Nun, Herr Weihnachtsmann, ich danke Ihnen. Wir werden alle Ihre Erklärungen veröffentlichen, und ich bin überzeugt, daß sie unsere Leser sehr interessieren werden. Haben Sie noch etwas hinzuzufügen?
Der Weihnachtsmann öffnet den Mund. Mühsam bringt er mit heiserer Stimme hervor:
– Schreiben Sie: Wenn das Christkind weiter diesen idiotischen Krieg gegen mich führt, ist es selber schuld... Die Kinder werden vielleicht nicht mehr an mich glauben ... aber an das Christkind genauso wenig. Und das geschieht ihm dann recht!
Nach dieser nüchternen Erklärung kippt er vornüber in den Papierkram und schläft augenblicklich ein.
Leben Sie wohl, Herr Weihnachtsmann, und trinken Sie nicht so viel! Eine Zirrhose, an der man stirbt, ist schon nicht sehr angenehm, aber was muß erst eine Zirrhose sein, an der man nicht einmal sterben kann!

Monolog eines Porträts

I

Ich sehe ihn unverwandt an. Er wirft von Zeit zu Zeit einen scharfen Blick auf mich, dann konzentriert er sich wieder auf die Leinwand, den Pinsel, seine Hand. Aber ICH bin es, der befiehlt. Er nimmt und reproduziert, was ich ihm gebe. Ich male mich selbst durch ihn.

Was er da tut, haben mehrere andere vor ihm versucht, es ist ihnen aber nicht geglückt. Selbst wenn ich ihnen Unsummen versprach (das konnte ich mir erlauben), blieben sie zaghaft, widerstrebend, gehemmt... Sie wagten es nicht, sich mir auszuliefern – doch der Maler muß sich, wie der Schriftsteller, gänzlich seinem Modell oder seinem Geschöpf ausliefern, wenn es ihm gelingen soll. Das Ergebnis war, daß ich nicht »lebensecht« wirkte, wie sie sagten. Wenn sie wüßten, wie recht sie hatten!

Aber mit diesem hier klappt es. Er versteht sein Handwerk, er hat einen sicheren Strich, die richtige Perspektive, das künstlerische Einfühlungsvermögen... Außerdem ist er fasziniert. Ich fasziniere ihn. Schon jetzt bin ich fast ebensosehr da unten, auf der Leinwand, wie hier oben, auf meinem Stuhl, und ich sehe ihn zweimal: von dort unten und von hier, aus dem Blickwinkel des Porträts (nur seinen Kopf, ganz nahe und noch ein bißchen verschwommen) und aus dem des Modells, aus einiger Entfernung. Ich weiß, daß er sich beobachtet fühlt, überwacht, hypnotisiert, sowohl von meinen gemalten Augen als auch von denen meines Körpers. Wenn er fertig ist, werde ich ganz da unten sein, in seinem Bild, und auf meinem Stuhl wird nur noch ein lebloser Körper sitzen, eine verlassene Hülle... Wenn er wüßte, was er tut!

Er weiß es natürlich nicht, zum Glück. Dagegen versteht er mich: wie alle, die berufsmäßig sehen, um nachzubilden, ist er Physiognom. Während er meine Züge präzisiert, kann ich von den seinen die wachsende Abneigung, den Ekel, den Abscheu ablesen, die ich in ihm erwecke... Das ist äußerst belustigend.

Aber ja, mein Junge, verabscheue mich kräftig! Nur so werde ich dir gelingen! Betone noch, wenn du kannst, die gefährliche Schlaffheit meiner Wangen, den zweideutigen, gespielten heiteren Blick, der sich unter dem Schutzdach meiner Augenbrauen verbirgt. Arbeite das massige, räuberische Kinn heraus, modelliere den unförmigen, unentschlossenen, verlogenen Mund, Verdeutliche, unterstreiche, ich habe nichts dagegen. Mache mich schlimmer als ich bin, wenn du kannst – doch das wird nicht leicht sein! Ganz genau, du hast begriffen, ich sterbe voll Haß, und ich will, daß mein Haß in einem gespenstischen Porträt weiterlebt, um nach mir in diesem Halunkenhaus zu herrschen, über meinen Dreckskerl von Sohn, sein Miststück von Ehefrau und ihre verblödete Brut...

Jetzt bin ich zu drei Vierteln auf der Leinwand, mein Körper schwankt auf seinem Stuhl... Ich Dummkopf, ich hätte einen Sessel nehmen sollen, aber nun ist es zu spät. Haltung bewahren, die Augen nicht schließen... Ganz recht, Malerchen, mein Blick ist furchtbar, er will den Tod der Welt, den Tod von allem auf der Welt, außer dir und mir natürlich... Denn du, du mußt leben, um das Werk zu vollenden. Ich bin sogar bereit, dich danach weiterleben zu lassen, denn du malst zu gut, um zu sterben. Der Haß, den du für mich empfindest und so schlecht verbirgst, macht dich in meinen Augen würdig für das ewige Leben... Komm schon, mache mich noch schrecklicher, noch einen Tupfen hier, auf meinen linken Augapfel, ich bin noch nicht ganz darin... Der Pinsel nähert sich, erscheint größer, gleitet unter meine Wimpern, bringt einen Reflex an, entfernt sich, kommt wieder... Es ist soweit, jetzt sehe ich dich vollkommen klar, nicht einen Strich mehr! Sieh mich nur an, mein Herzenskünstler, du bekommst vor lauter Verachtung und ungläubigem Entsetzen den Mund nicht zu...

Was du siehst, kann ich mir vorstellen: ein fahles Clowngesicht, gerissen und von falscher Lustigkeit, eines jener Gesichter, die zunächst sympathisch scheinen können, aber Furcht erregen, wenn man in ihnen zu lesen versteht.

Wo gehst du denn hin? Aha, ich habe es erraten! Mein Körper muß dahinten vom Stuhl gefallen sein. Aber das ist jetzt unwichtig, ich brauche ihn nicht mehr. Mein Maler ist aus meinem Gesichtsfeld verschwunden, dann kommt er wieder, läuft von einer Tür zur anderen, gestikuliert, reißt den Mund auf... Ich nehme an, daß er schreit, daß er ruft, aber ich höre nichts. Mein Blick lebt, aber mein Gehör ist für immer gestorben. Man kann nicht alles behalten, das wußte ich, aber das macht nichts. Es ist sowieso mein Blick, der wirken wird.

Endlich kommt jemand. Pech gehabt, es ist der Junge. Er will natürlich näher heran, schauen, aber der Maler, beschwörend, verlegen, fast schuldbewußt versperrt ihm den Weg. Der Rotzjunge schielt hinterhältig nach dem Stuhl, er ist kein bißchen eingeschüchtert ... wovor sollte er auch Angst haben? Ich habe ihn nie ausstehen können, er mich genauso wenig. Er möchte ganz einfach sehen, wie ein toter alter Mann aussieht, aus natürlicher Neugier... Endlich kommt sein Vater und vertreibt ihn aus dem Zimmer. Dann verschwinden die beiden Männer eilig hinter meinem Rücken und kommen nach einer Minute langsam wieder vor mir vorbei. Sie tragen ungeschickt das, was mein Körper war, hinaus, in Richtung Treppe.

Gleich darauf betritt Maryse den Raum. Sie geht rasch,

aber bedacht zum Telefon, hebt ab, wählt eine Nummer, spricht. Ihr Gesicht bleibt ausdruckslos, ihr Mund bewegt sich kaltblütig und präzise, jedes Wort ist sicher einwandfrei artikuliert. Auch sie hat nicht die geringste Lust, mich wieder unter den Lebenden zu sehen.

Kaum hat sie aufgehängt, erscheinen die drei Kinder. Sie wollen offenbar hören, was los ist. Maryse spricht sanft und bestimmt mit ihnen. Ich kann mir vorstellen, was sie sagt: Großvater hat einen Schwächeanfall gehabt, der Doktor kommt gleich, geht in den Garten spielen, macht ja keinen Lärm... Aber die Kinder lassen nicht locker, stellen Fragen. Jetzt gibt meine Schwiegertochter Anzeichen von Ungeduld, ihr Gesicht verkrampft sich, die Bewegungen werden abrupt. Schließlich geht sie hinaus, gefolgt von den beiden Älteren. Der kleine Gilles jedoch bleibt zurück, er sieht mich an, kommt auf mich zu, den Finger neugierig gegen mein gemaltes Gesicht gereckt... Pfoten weg, du Rabenaas! Das ist noch nicht trocken! Er gehorcht mir, zieht den Finger zurück, als ob er ihn verbrannt hätte. Er hat, genau wie ich das erhofft hatte, den Schock meines Bildes erlitten, die Entladung meines Zorns. Aus Rache streckt er mir die Zunge heraus, dann rennt er weg. Gutes Kind. Es schlägt nach mir! Ich würde darüber lachen, wenn ich noch lachen könnte.

Zeit vergeht jetzt, viel Zeit, und sehr schnell. Auch das hatte ich vorausgesehen. Da ich nur noch ein Blick bin, bin ich nur wirklich bei Bewußtsein, wenn ich etwas sehe. Wenn sich nichts ereignet, schlafe ich zwar nicht, langweile ich mich nicht, bin aber in einer Art Trancezustand. Die Sonne ist schon fast untergegangen, als mein Sohn hereinkommt, allein. Er durchquert den Salon, aber ich halte ihn fest. Er bleibt stehen, zögert, kommt heran. Sein Blick ist unruhig, unentschlossen. Er nimmt mich in die Hände, bringt mich zum Fenster, betrachtet mich. Wird auch er mir die Zunge herausstrecken? Er kann nicht ahnen, welche Verachtung er in mir erweckt. Aber nein, er kneift die Augen zusammen, seine Mundwinkel zucken, er fängt zu heulen an... Hat er mich also doch geliebt, der Idiot? Wenn du dich sehen könntest! Du siehst abscheulich aus! Ja, stell mich nur zurück und geh, du widerst mich an...

II

Ein Nacht ist vergangen wie im Flug. Diesmal steht der Bediente vor mir mit seiner feierlichen dämlichen Kupplerfratze. Er betrachtet mich salbungsvoll, nimmt mich ehrerbietig von der Staffelei und trägt mich mit ausgestreckten Armen ins Speisezimmer. Ein Schemel steht an der Wand gegenüber den Fenstern. Die Köchin ist auch da, auf den zwei Würsten aufgepflanzt, die bei ihr die Beine darstellen. Der Diener klettert auf den Schemel, hält mich an die Wand und sagt etwas. Sie antwortet. Daraufhin läßt er mich seitwärts gleiten, dann etwas höher. Schließlich werde ich in die Küche gebracht und mit dem Gesicht nach unten auf den Tisch gelegt. Man hantiert in meinem Nacken herum, zu guter Letzt werde ich wieder ins Speisezimmer verfrachtet und endgültig aufgehängt. Leicht nach vorn geneigt, dominiere ich den Tisch. Auf diese Weise werde ich an den Mahlzeiten der Familie teilnehmen. Genau das habe ich gewollt.

Seither bin ich dabei. Es ist etwas eintönig, denn ich kenne den Ablauf nur zu gut. Was sich ändern könnte (und selbst das kaum!), ist das Gerede, aber das höre ich nicht. Was ich erraten kann, ist natürlich nicht sehr originell: Wirf dein Glas nicht um! Nimm die Ellbogen vom Tisch! Noch etwas Wein, bitte, Marcel. Jawohl, gnädige Frau, nein, gnädige Frau, wie gnädige Frau wünschen...

Ich beobachte lieber meinen Sohn. Er ist wirklich abstoßend, ich sage das ganz objektiv, ich bin gewiß nicht von Vatergefühlen geblendet! Seine Visage ist schlaff, wie die meine, aber charakterlos, sie hat weder meine Schläue noch meine Bosheit. Nicht daß er besser wäre als ich, gewiß nicht, er ist der Egoismus in Person! Aber er ist zu haltlos, um etwas zu unternehmen, das sieht man an seinem Gesicht: ein aufgeblasenes Nichts, so ausdrucksvoll wie ein Hintern...

Dasselbe Spiel beim Abendessen. Dann vergeht die Nacht, wie ein schwarzes Tuch über meinen Augen.

Diesmal findet mein Leichenschmaus statt, sie sind wohl gerade vom Friedhof gekommen. Der Tisch ist ausgezogen worden, denn die ganze Familie ist versammelt: meine Tochter, mein Schwiegersohn, mein anderer Sohn, der Künstler, und sogar meine Schwester, der ich das Haus verboten hatte. Sie haben sich auf meine Kosten versöhnt. Mein tugendhafter Sohn erklärt mich den Gästen, alle Augen sind auf mich gerichtet. Was für einen Blödsinn mag er verzapfen? Daß der Maler sehr talentiert sei, daß er mich wunderbar getroffen habe, daß ich dank ihm nicht ganz tot sei... Mein Schwiegersohn verschluckt sich, als er mich ansieht, er erstickt fast. Leider nur fast, heute werde ich ihn noch nicht fertigmachen... Währenddessen beobachte ich sie, verfluche sie im Stillen, wünsche, daß sie sich in die Haare geraten, sich die Augen auskratzen, einander zerfleischen...

Wahrhaftig, es funktioniert! Auf eine Bemerkung meiner Tochter hin (was sie wohl gesagt haben mag, gehässig wie sie ist?) steht meine Schwester ruckartig auf, knallt ihre Serviette auf den Tisch und macht Miene zu gehen. Aber Maryse eilt ihr nach, versöhnlich. Mein Sohn deklamiert mit feuchten Augen, die offene Hand zu mir erhoben: solche Szenen vor meinem Bild, wo die Erde auf meinem Grab noch frisch ist... Er tränkt sie mit Weihwasser, wie

gewöhnlich. Ich an ihrer Stelle würde kotzen! Aber alle setzen sich wieder hin und essen weiter. Heute werden sie einander noch nicht massakrieren. Ein andermal vielleicht. Hoffentlich.
Nach dem Nachtisch stehen die Kinder auf. Sie bekommen die Erlaubnis, spielen zu gehen. Die Erwachsenen bleiben noch sitzen, trinken Kaffee, plappern, dann gehen sie in den Salon. Sie sind alle gekleidet wie bei der Beerdigung meiner Alten, meiner Alten, die ich umgebracht habe – auf höchst legale Weise natürlich! Sie war aber auch zu dumm! Jetzt halten sie wohl Familienrat. Schade, daß ich ihnen nicht folgen kann, es würde mich amüsieren. Die Köchin und der Diener räumen ab, wechseln die Tischdecke. Alles in allem ist es hier besser für mich. Zunächst würde ich auch drüben nichts hören, ich könnte sie nur gestikulieren sehen. Außerdem ist für mein Vorhaben der richtige Platz hier. Die Mahlzeiten, der Familientisch sind die beste Zeit und der beste Ort für die Konzentration des Hasses. Es gibt nichts Geeigneteres als das tägliche Zusammensein beim Mittag- und Abendessen, um Mordgelüste reifen zu lassen. Ich selbst bin so auf die Idee gekommen, die ich nun verwirkliche.
Ich muß lange geträumt haben, denn es wird bereits dunkel. Der Kleine kommt herein, der, der mir die Zunge herausgestreckt hat. Er setzt sich mir gegenüber auf einen Stuhl und sieht mich an. Er gerät wirklich nach mir, der Bengel, er fürchtet sich vor nichts auf der Welt. Er kann mich nicht genug betrachten! Und ich bin darüber entzückt, bei Gott! Wer weiß, ob nicht er das Werkzeug meiner Rache sein wird? Sperr die Augen weit auf, kleiner Mann!
Aber da kommt diese Gans von Maryse. Sie schickt den Jungen an seine Hausaufgaben, zum Spielen, in sein Zimmer... Gleich darauf erscheint mein Sohn. Die beiden

reden ziemlich lange miteinander, sie scheinen in Schwierigkeiten zu sein. Was mögen sie nur sagen? Jedenfalls scheint es gepfeffert zu sein. Ich kann mich auf meine Tochter verlassen, und vor allem auf meine Schwester, um ihnen alle nur denkbaren Scherereien zu bereiten, und sie stehen erst am Anfang! Die beiden selbst werden sich nicht immer gemeinsam gegen den Rat der Familie stellen. Wie ich sie kenne, werden sie sich in Kürze gegenseitig zerfetzen. Sie sind zur Harmonie so geschaffen wie etwa der Büffel und die Tigerin...

Sie sind gegangen. Die Bediensteten decken den Tisch. Schon! Als ich noch lebte, ist mir das nie klar geworden, aber jetzt merke ich, daß die Menschen nur ans Essen denken. Und jedesmal dasselbe Zeremoniell: Tischdecken, Teller, Messer, Gabeln, Gläser, Servietten, Pfeffer und Salz, Senf, Untersetzer, Wasserkrug, Brotkorb... Kaum ist man fertig, fängt man schon wieder an! Auf die Dauer wird das komisch!

Jetzt sind wir im engsten Kreis der Familie: Papa, Mama, Kinderlein. Der Kleine schaut mich wieder an, aber Maryse merkt es und bringt ihn zu seinem Teller zurück: iß deine Suppe, bevor sie kalt wird, schau nicht in die Luft... Auch sie sieht mich an, zunächst zerstreut, dann eine Sekunde lang sehr genau. Schau nur, schau genau, du Kamel, ich bin da, um euch zu vergiften, alle! Da wendet sie den Blick ab und sagt etwas zu meinem Sohn. Nur einen kurzen Satz. Aber er, verblödeter denn je, hat offenbar nichts gehört.

III

Und es geht weiter so... Tag um Tag, Mahlzeit um Mahlzeit. Ich lebe in einer verdichteten Zeit, schwarz-lichtgestreift wie der Hintern eines Zebras. Mein Sohn ist gealtert. Wäre es möglich, daß ich ihm fehle? Er ist noch schlapper als zuvor, jämmerlicher, weichlicher. Maryse dagegen zieht sich zusammen, wird trocken und sauer wie eine verschrumpelte Zitrone...

Ich weiß nicht, wie weit sie mit der Testamentsvollstrekkung sind, die nicht einfach sein dürfte, denn dafür habe ich gesorgt... Aber ich stelle mit Genugtuung fest, daß die Mahlzeiten von Tag zu Tag frostiger werden. Ich brauche nur meine Aufmerksamkeit auf einen von ihnen zu richten, und schon funktioniert es. Gezwungen durch meinen Blick, sieht er oder sie mich an, wie zerstreut, lädt sich mit Aggressivität auf und attackiert dann fast sofort seinen Ehegatten, schimpft eines der Kinder oder sucht Streit mit dem Diener... Eine reizende Familie!

Wieviele Tage sind es jetzt? Wochen? Monate vielleicht? Tag und Nacht wechseln immer schneller ab. Zwischen ihm, der immer schlaffer wird, und ihr, die ihn verachtet, wachsen die Kinder heran. Um das Mädchen drehen sich jetzt ihre Streitereien. Will sie vielleicht heiraten? Ich erlebe absurd groteske Szenen mit exzessiver Mimik, wie im Stummfilm. Da ich nicht durch Worte abgelenkt werde, genieße ich um so mehr die Lächerlichkeit jeder Geste, die Schamlosigkeit der Gebärden, die Falschheit des Mienenspiels. Mein Sohn übertrifft sich selbst auf diesem Gebiet, nie hat ein Schmierenkomödiant grauenhafter gespielt... Die Auftritte wiederholen sich, werden schlimmer, arten fast in Schlägereien aus. Und eines Tages legt der Diener ein Gedeck mehr auf. Ich habe mich nicht getäuscht, es ist für den Verehrer von Marielle. Er scheint, Gott sei Dank, so dumm, wie ich mir nur wünschen konnte. Am nächsten Tag ist Marielle verschwunden: von nun an lebt sie ihr eigenes Leben. Dann verschwindet auch der Diener. Ich werde seine Zuhälterfresse nicht mehr sehen. Übrigens wird kein neuer Diener eingestellt, die Köchin serviert jetzt bei Tisch. Die mageren Jahre sind also angebrochen, sicher das Werk

meiner Tochter und meiner Schwester. Denn der Bildhauer, mein anderer Sohn, ist viel zu blöde dazu...
Nach einer Zeit der Ruhe fangen die Zänkereien wieder an, diesmal mit dem älteren Sohn. Worum mag es gehen? Um seine Studien? Um seine Karriere? Um seine Liebschaften? Wieder gibt mir mein Sohn eine Galavorstellung von Empörung, Verzweiflung, Großmut, Nachgiebigkeit, Niedergeschlagenheit, Verfluchungen, Beschwörungen und Weinkrämpfen: Greuze, Dumas, Charlie Chaplin und Jean-Paul Sartre in einem. Maryse, steif wie immer, ergreift, wie es sich gehört, einmal für den einen, einmal für den anderen Partei, doch immer mit demselben Erfolg: sie vergiftet nur noch die Beziehungen. Währenddessen sieht mich der kleine Gilles schweigend an. Wirklich, ich mag diesen Jungen!
Noch eine lange, sehr lange Punktlinie aus Tagen und Nächten im Ablauf der Zeit, wie eine Grenzmarkierung auf einer Landkarte... Der Ältere ist schließlich ausgeflogen, ich weiß nicht, wohin, und die Tischgesellschaft beschränkt sich jetzt auf drei Personen. Gilles wächst allmählich heran. Er ist zu ruhig, zu zurückhaltend, um sich in Streitigkeiten verwickeln zu lassen. Wenn er von seinem Vater oder seiner Mutter angegriffen wird, verteidigt er sich lässig, ohne Widerrede, nur der Form halber. Er weigert sich höflich, die Fassung zu verlieren, und beschränkt sich auf unbeteiligte Verachtung. Seine Eltern sind wütend, können aber nichts ausrichten gegen diesen Fels des Schweigens.
Wird *er* den Mord begehen? Er scheint mir jedenfalls etwas auszubrüten, seinen eigenen Weg zu gehen, aber ich weiß nicht, welchen. Öfter als die anderen kreuzt er meinen Blick, wie in stillschweigendem Einverständnis.
Mangels eines dritten, mit dem sie Streit anfangen könnten, zanken sich mein Sohn und meine Schwiegertochter schließlich untereinander. Sie tun das jetzt ohne großes

Theater, aber es ist leicht zu erkennen, daß sie sich alle nur denkbaren Gemeinheiten sagen und einander nicht ertragen. In kalter Wut ist das Gesicht meines Sohnes nun mehr als schlaff, es löst sich auf. Man möchte sagen, ein wackelnder, haßerfüllter Kalbskopf. Er ringt nach Worten, er ringt nach Luft, er zerfällt. Ich brauche ihn nicht zu hören, seine Worte sind bestimmt wie sein Äußeres: eine Mischung aus Affektiertheit und Habgier, aus Feigheit und Gewöhnlichkeit.

Maryse dagegen verschließt sich vollkommen und gibt nur von Zeit zu Zeit einen kurzen Satz von sich. Sie muß aber die Quantität durch die Qualität ausgleichen, denn ein einziges Wort von ihr genügt meist, um den Gemahl in einen Haufen wutschnaubender Gelatine zu verwandeln. Und Gilles sieht mich indessen an.

Eines Abends schließlich zeigt Maryse mit dem Finger auf mich und stößt ein paar Worte hervor. Mein Sohn wird daraufhin rot vor Zorn, es hat ihm den Appetit verschlagen, er geht. Allein mit dem Kind, nimmt Maryse ein Brotmesser und kommt auf mich zu. Was hat sie bloß vor, dieses Miststück? Will sie mich durchbohren? Tatsächlich, es sieht ganz danach aus! So versuche es doch!

Sie steigt auf einen Stuhl, sie sieht mir ins Gesicht... Die dumme Ziege hat nicht überrissen, daß sie sich damit selbst meinem Willen ausliefert... Komm nur, meine Schöne, komm näher, hole aus mit deinem Messer... Du willst mich also umbringen, du Laus! Dann hole weiter aus, noch weiter, viel zu weit, wie ein schlechter Schauspieler, der den Mörder spielen will. Und jetzt, mein Kind, rutscht dein Absatz auf dem Ledersitz aus, und du wirst herunterrasseln, oh ja! Stürze jetzt, so ungeschickt wie möglich, am besten auf das Messer, aber bring dich dabei nicht um, ich brauche dich noch!

So, das hätten wir. Maryse steht auf, sie hat sich am Unterarm verletzt, nichts Schlimmes. Sie trägt ihre Niederlage mit Würde, sie ist keine schlechte Verliererin. Gilles, der sich nicht vom Fleck gerührt hatte, befeuchtet jetzt seine Serviette mit Wein aus der Karaffe und wäscht die Wunde seiner Mutter aus... All das geschieht sehr diskret, die Köchin hat nichts gehört, der Gatte wird nie etwas davon erfahren...

Schwarz, weiß, schwarz, weiß, schwarz, weiß. Die Zeit vergeht. Nach all den verbalen Auseinandersetzungen sind die Beziehungen nun stumm. Der Haß schweigt, konzentriert sich, wird zum täglichen Brot, zur Substanz des Lebens. Mann und Frau vermeiden sogar, sich anzusehen. Wenn einer der beiden im Zimmer ist und den Schritt des anderen hört, kann ich das von seinem Gesicht ablesen: Widerwillen, Abneigung, Ekel malen sich eine Sekunde lang in seinen Zügen, bevor er wieder die undurchdringliche Maske stillen Hasses aufsetzt, unwandelbar, gelassen, fast mystisch.

IV

Es ist so weit. Heute morgen sind zwei Polizisten vor den Fenstern vorbeigekommen: Gamaschen, blaue Hosen, dunkle Uniformjacken. Die Köchin, die sie führt, spricht lebhaft mit ihnen, sie ist aufgeregt, ganz bleich... Sie sind blitzschnell vorbeigegangen, und jetzt bin ich allein.

Wer hat wen umgebracht? Wer ist verhaftet worden? Wer liegt da oben, verstummt und kalt, auf einem Bett im ersten Stock? Ich warte auf die Essenszeit, aber niemand deckt den Tisch. Das Kind ist also allein geblieben und ißt in der Küche... Der Tag vergeht, die Nacht bricht herein. Ich warte ungeduldig, daß es hell wird.

Endlich erscheint die Köchin und macht Feuer im Kamin. Das ist wirklich etwas Neues, denn mein Geizhals von

Sohn ließ fast nie einheizen, nicht einmal im Winter. Aber für wen wird geheizt? Geduld, Geduld...

Meine Schwester betritt das Zimmer. Sie ist ganz schön alt geworden, oder besser, ganz gräßlich alt, und das freut mich. Sie setzt sich auf einen Stuhl. Dann kommt mein jüngerer Sohn herein, der Künstler. Entgegen allen Erwartungen ist er gut angezogen, elegant, fast chic und scheint durchaus wohlhabend. Sollte er Erfolg gehabt haben, der Hammel? Aber wer in aller Welt würde seine Scheußlichkeiten kaufen? Er spricht mit meiner Schwester, doch plötzlich halten sie beide inne. Meine Tochter hat nämlich die Tür geöffnet, meine Tochter allein, ohne Begleitung, ganz in schwarz. Sie hat ihren Mann also um die Ecke gebracht, die brave Kleine! Um so besser, ich bin hocherfreut. Sie und meine Schwester tun ein bißchen beleidigt, aus purer Gewohnheit, aber sie tauen allmählich auf, und bald quatschen sie alle drei. All das hilft mir leider nicht weiter. Ich warte, daß jemand hereinkommt oder etwas hereingebracht wird, um mir einen Hinweis zu geben.

Die Köchin erscheint, legt Holz nach, deckt den Tisch und serviert endlich das Mittagessen. Jetzt kommt auch Gilles herein, mit roten Augen, und setzt sich zu den Erwachsenen an den Tisch. Diese scheinen verlegen in seiner Anwesenheit, sie passen offenbar auf, was sie sagen. Die Unterhaltung geht aber weiter, wahrscheinlich über seine Zukunft, denn sie stellen ihm Fragen von Zeit zu Zeit. Nach beendeter Mahlzeit verlassen alle das Zimmer, die Köchin räumt den Tisch ab.

Wie soll ich es nur herausbekommen? Ich bin gerächt, daran besteht kein Zweifel, aber wie? Hat mein Sohn seine Frau umgebracht? Oder umgekehrt? Welcher von beiden ist tot, welcher im Gefängnis? Und wenn sie beide tot wären, sich gegenseitig umgebracht hätten, wie die beiden Söhne des Ödipus? Aber nein, das wäre zu schön, ich träume … Die Vorstellung, daß ich es nicht erfahren könnte, treibt mich zur Verzweiflung. Was soll ich nur tun? Wen könnte ich fragen?

Doch da kommt Gilles herein, er, der mir so ähnlich ist an Zurückhaltung, Schlauheit, Verstellung. Wenn ich versuchte, ihn zu befragen? Er weiß, was geschehen ist, er könnte es mir sagen oder besser, schreiben, das wäre das richtige … Freilich, was für eine Idee, an ein Porträt zu schreiben!

Trotzdem, ich werde es versuchen. Mit ihm, denn er ist der einzige in diesem Haus, der begriffen zu haben scheint. Ich muß ihn durch meinen Blick dazu bringen, einen Satz auf ein Stück Papier zu schreiben und es mir zu zeigen.

Ich bemühe mich mit allen Kräften, seine Aufmerksamkeit zu gewinnen. Es gelingt mir. Er wirft mir einen Blick zu, wendet sich ab, will hinausgehen … Nein, nein, mein Junge, geh nicht, komm her, komm zu deinem Großvater! So ist es gut, sieh mich an, komm näher. Wer hat es getan, sag? Und wer ist das Opfer? Du willst nicht schreiben? Dann sag es mir wenigstens, sei lieb. Ja, gut, steig auf den Stuhl und sprich. Sprich deutlich, vor allem: *Papa* und *Mama* sind nicht sehr verschieden, aber wenn du gut artikulierst, kann ich von deinen Lippen ablesen …

Aber was tust du denn? Du nimmst mich von der Wand? Warum? Willst du mich irgendwo hinbringen? Aber natürlich! Du hast recht! Du willst mich hinauftragen, nicht wahr? Und mir den Toten zeigen, oder die Tote … Das ist ja viel einfacher als zu schreiben. Schön, bring mich hin, mein Junge!

Er hält mich unter dem Arm, der Bengel, ich habe nur noch das Karomuster seiner Schottenjacke vor Augen. Schon gut, braves Kind. Du bist noch schlauer als ich!

Was ist das für ein Licht plötzlich, das mich blendet?! Ich bin mit der Nase auf ein Scheit gefallen und sehe rot, rot …

Ah, der Mistkerl! Er hat mich ins Feuer geworfen! Und ich habe ihm vertraut!
Gewiß, eines Tages mußte es zu Ende sein. Sterben ist mir egal, ich leide nicht, aber sterben, ohne es zu wissen! Sieh mich wenigstens an, Mördersohn, damit ich es erraten kann... Aber ich sehe nichts mehr. Eine weiße Flamme explodiert vor meinen Augen, umfängt mich, verschlingt mich. Und ich habe es nicht erfahren, ich werde es nie erfahren...

Die Verwechslung

Taschenoper
Musik von Monic Cecconi

Ort der Handlung: eine Wohnung wie tausend andere in einer Trabantenstadt.
Zeit: die *bessere Zukunft*, also nächstens.
Personen: ER und SIE – genauer: zwei Rollen, zwei Darsteller: ein Mann und eine Frau.

Es ist sieben Uhr abends. Wie jeden Tag um diese Zeit, deckt SIE den Tisch und wartet auf IHN. Sie ist noch jung (30), aber ihr Gesicht hat einen Ausdruck schmollender Langeweile, der es älter erscheinen läßt. Als sie den Tisch fertig gedeckt hat, schaltet sie das Radio ein, das seichte Musik von sich gibt, dann setzt sie sich.
DAS RADIO (die Musik hört auf) – Meine Damen und Herren, diese Viertelstunde seichter Musik widmete Ihnen das Haus Verhüterli & Co. Bei uns finden Sie: Brandverhütung, Empfängnisverhütung, Unfallverhütung, Gottverhütung, Hüte für sie und ihn, alte Hüte, Zuckerhüte, Obhüte... alles zu kleinen Preisen! (Musik)
Man hört Aufzugsgeräusche, Türenschlagen, einen Schlüssel im Schloß. ER kommt nach Hause. Er ist noch jung (35), aber sein Gesicht ist von ungesunder Blässe und hat einen Ausdruck von Besorgnis und Überdruß, der es älter erscheinen läßt. SIE steht auf und geht ihm entgegen.
SIE – Hallo, Schatz.
ER – Hallo, Schatz.
Sie küssen sich. Dann hängt er seinen Überzieher an den Kleiderhaken, wie jeden Abend.
RADIO (während die Musik leiser wird) – Bei Verstop-

fung hilft nur eines: Scheißen ist was Feines! (Wieder laute Musik)

SIE – Was gibt es Neues?

ER – Immer dasselbe. Du weißt ja, wenn man mit Blödmännern arbeiten muß ...

SIE – Du Armer! Es hat doch nichts Schlimmes gegeben?

ER – Nein, immer dasselbe, und bei dir?

SIE – Nichts, wie immer. Hast du die Zeitung?

ER – (wie jeden Tag um diese Zeit) Ja richtig, die habe ich ganz vergessen ... (Er nimmt die Zeitung aus der Tasche seines Überziehers) – Hier, du kannst sie behalten. Ich habe sie schon im Zug gelesen.

SIE – Danke. (Sie schlägt die Zeitung auf) – Mein Gott, wie furchtbar! Hast du das gesehen?

ER – Was?

SIE – Die Hungersnot in Indien.

ER – Ja, es ist schrecklich. – Ach ja, die Burschen von der Gewerkschaft haben bei uns im Büro dafür gesammelt.

SIE – Du hast doch etwas gegeben?

ER – Natürlich, das kann man ja nicht mit ansehen!

SIE – Dabei gibt es Leute, denen das gleichgültig ist.

ER – Die haben wohl kein Herz im Leib ... Sag mal, wann ist das Essen fertig?

SIE – In einer halben Stunde. Die Suppe ist auf dem Feuer.

ER – Und was gibt es nach der Suppe?

SIE – Überraschung! ... Ah, du hast das Kreuzworträtsel gelöst?

ER – Ja, im Zug. Entschuldige.

SIE – Das macht nichts. Bitte, Liebling, liest du mir das Horoskop vor? Ich gehe in die Küche.

ER – (wie jeden Tag) Wenn du willst. (Er sucht in der Zeitung) Wo haben wir den Steinbock ...

SIE – (aus der Küche) Aber Schatz, ich bin doch Skorpion!

ER – Du? Nein, du bist Steinbock!
SIE – Nein, Skorpion! Das ist ein starkes Stück! Seit zehn Jahren sind wir verheiratet!
ER – Komisch, ich hätte geschworen ... Aber du mußt es ja wissen. Skorpion, Skorpion ... da! Hörst du?
SIE – Ich höre.
ER – (liest vor) – »Sie haben einen ruhigen Tag, ohne besondere Vorkommnisse ...«
SIE – Das kann man wohl sagen!
ER – » ... aber günstig für Ihren Beruf.« – Schade, daß du nicht berufstätig bist. »Legen Sie sich nicht mit der Jungfrau an, keine Bange vor dem Stier. Am Abend angenehme Überraschung in der Liebe.«
SIE – (kommt herein) Das ist ja komisch!
ER – Und wie! – Wo haben wir jetzt meines? (Er sucht) – Krebs, Krebs ... da: »Anstrengender Tag.« Das kann man wohl sagen! – »Im Beruf macht Ihnen die Verständnislosigkeit Ihrer Kollegen zu schaffen.« Und ob! »Aber haben Sie Geduld ...« Was bleibt mir denn anderes übrig? » ... regen Sie sich nicht auf« – Die haben leicht reden! » ... die Dinge kommen von selbst ins Lot. Am Abend angenehme Überraschung in der Liebe.« Sieh mal an, bei mir auch! (Pause. Er starrt sie an)
SIE – Du sagst ja gar nichts mehr? (Sie sehen einander an) – Was ist, mein Schatz?
ER – Liebling, wie gut du heute aussiehst!
SIE – (verwirrt lächelnd) Warum denn? Sehe ich sonst nicht gut aus?
ER – Doch, doch, natürlich. Aber heute, ich weiß nicht ... Ich finde dich jünger, munterer ...
SIE – Wie komisch, Schatz, ich ... ich auch. Ich finde dich imponierender, ruhiger, kraftvoller ...

Längeres Schweigen. Sie sehen einander an, wie verklärt. Der folgende Dialog wird halblaut geführt, die Stimmen sind etwas rauh.

ER – Liebling ... komm ...

SIE – Ja, mein Schatz ... (Sie küssen sich.)

ER – Mein Kleines, mein Mädchen ...

SIE – (zögernd) Wir sollten vielleicht zuerst essen, die Suppe ist gleich fertig.

ER – Die Suppe kann warten ... Außerdem können wir nachher ja nochmal ...

SIE – Schatz ...

Sie küssen sich wieder, gleiten auf das Sofa. Beleuchtungswechsel.

TRIO (singend)

ER – Wenn ich dir in die Augen schau ...

SIE – Dann siehst du mich, dann siehst du mich ...

ER – Wenn ich dir lausche, hör ich dich ...

SIE – Dann hörst du mich, dann hörst du mich ...

ER – Berühr ich dich, dann spür ich dich ...

SIE – Du spürst mich, wirklich, spürst du mich?

ER – Verliebt, verliebt ...

RADIO – Bist du verstopft ...

ER und SIE – Liebe!

RADIO – ... verstimmt, verstört ...

ER und SIE – Verliebt, verliebt!

RADIO – ... gegen die ganze Welt empört,
ist das Leben gar nicht nett,
geh ins Bett, geh ins Bett!

ER und SIE (diminuendo) – Geh ins Bett, geh ins Bett!

Ende des Trios. Sittsame Verdunklung, die Musik spielt weiter. Nach ein paar Sekunden geht das Licht wieder an. ER und SIE stehen auf, etwas zerknittert, leicht benommen, sehr entspannt, glücklich.

SIE – Ach Schatz, du warst wunderbar!

ER – Warum? Bin ich sonst nicht wunderbar?

SIE – Doch, natürlich... Aber es war nicht wie sonst. Es war wie beim ersten Mal...

ER – Wenn es schön ist, ist es immer wie beim ersten Mal. (Er sucht in seinen Taschen) – Verflixt!

SIE – Was ist?

ER – Ich habe keine Zigaretten mehr.

SIE – (vorwurfsvoll) Aber Schatz! Du hast wieder angefangen!

ER – (beschämt) Ja, was willst du... Sich ein Vergnügen zu versagen, ist schließlich zu dumm... (Er schlüpft in den Überzieher) – Ich bin gleich wieder da.

SIE – Schatz, das Essen ist doch fertig!

ER – Ich mache nur einen Sprung.

Er geht hinaus. Sie zuckt gutmütig mit den Schultern, geht zum Tisch, rückt die beiden Gedecke näher zueinander, dann setzt sie sich und nimmt die Zeitung.

RADIO – Und nun, meine Damen und Herren, folgt eine Viertelstunde Musik, gewidmet von CASBOL. (Musik, dann eine Frauenstimme:) – Aaaah, das tut wohl! (Männerstimme:) – Ja, meine Damen, es tut wohl, das Zäpfchen CASBOL, aus Pflanzenessenzen und Eukalyptol! (Beide Stimmen singen:) – Casbol, Casbol, das tut so herrlich wohl! (Musik)

SIE – (singt vor sich hin, während sie liest) Casbol, Casbol...

Man hört Aufzuggeräusche, Türenschlagen, einen Schlüssel im Schloß. ER kommt nach Hause. Sie steht auf und geht ihm entgegen.

SIE – Hallo, Schatz.

ER – Hallo, Schatz.

Sie küssen sich wieder, dann hängt er seinen Überzieher an den Kleiderhaken.

SIE – Was gibt es Neues?

ER – Immer dasselbe. Du weißt ja, wenn man mit Blödmännern arbeiten muß...

SIE – Du Armer! Es hat doch nichts Schlimmes gegeben?

ER – Nein, wie immer dasselbe. Und bei dir?

SIE – Nichts, wie immer. Hast du die Zeitung?

ER – Ja richtig, die habe ich ganz vergessen... (Er gibt sie ihr) – Hier, behalte sie, ich habe sie schon gelesen.

SIE – Danke, Schatz. Sag mal...

ER – Was?

SIE – Hast du sie mir nicht schon gegeben?

ER – Wie denn? Ich bin doch gerade erst gekommen!

SIE – Du hast recht, wie dumm von mir... (Sie schlägt die Zeitung auf) – Mein Gott, wie furchtbar!

ER – Was?

SIE – Die Hungersnot in Indien.

ER – Ja, es ist schrecklich. – Die Gewerkschaftsheinis haben übrigens dafür gesammelt im Büro. Ich habe fünf Francs gegeben.

SIE – Natürlich, das kann man ja nicht mit ansehen!

ER – Dabei gibt es Leute, denen das gleichgültig ist.

SIE – Die haben wohl kein Herz im Leib... Sag mal, Schatz!

ER – Ja?

SIE – Haben wir uns das alles nicht schon gesagt?

ER – Wann?

SIE – Ich weiß nicht, vorhin, glaube ich...

ER – Das ist doch ganz unmöglich. Du verwechselst mit gestern.

SIE – Nein, ich erinnere mich, gestern war es die Überschwemmung in China. Wir haben das über die Hungersnot in Indien gesagt.

ER – Dann war es eben vorgestern...

SIE – (schüttelt den Kopf) Vorgestern war es das Erdbeben in Algerien.
ER – Dann hast du geträumt. Oder es war letzte Woche.
SIE – Wie komisch! Ich habe plötzlich den Eindruck gehabt ...
ER – Kein Grund zur Besorgnis. Jeder hat einmal das Gefühl, eine Situation bereits erlebt zu haben. Vielleicht bist du ein bißchen abgespannt. Du solltest mehr an die frische Luft gehen ...
SIE – Du hast sicher recht.
ER – Was essen wir heute?
SIE – Überraschung! ... Ah, du hast das Kreuzworträtsel gelöst?
ER – Ja, im Zug. Wie dumm von mir ... Ich hätte es dir lassen sollen.
SIE – Das macht nichts. Bitte Schatz ...
ER – Ja?
SIE – Ich sehe nach der Suppe. Liest du mir das Horoskop vor?
ER – Wenn du willst. (Er sucht) – Wo haben wir den Skorpion? Du bist doch Skorpion?
SIE – (aus der Küche) Aber Schatz! Das müßtest du doch allmählich wissen!
ER – Entschuldige, Liebling. Skorpion, Skorpion ... da! Hörst du?
SIE – Ich höre.
ER – (liest vor) – »Sie haben einen ruhigen Tag, ohne besondere Vorkommnisse ...«
SIE – Das kann man wohl sagen!
ER – » ... aber günstig für Ihren Beruf.« – Schade, daß du nicht berufstätig bist. »Legen Sie sich nicht mit der Jungfrau an, keine Bange vor dem Stier. Am Abend angenehme Überraschung in der Liebe.« (Er lacht) – Wie lustig!

Während er vorlas, ist SIE hereingekommen. Sie steht neben der Küchentür und starrt ihren Mann angstvoll an.

ER – (ohne sie anzusehen) Jetzt bin ich dran! (Er sucht) Stier, Stier... da! (Er liest vor) – »Ein Tag ohne Zwischenfälle, bis auf kleine Reibereien im Beruf.« – Denkste! – »Beharren Sie nicht auf Ihrem Standpunkt, sondern versuchen Sie, den der anderen zu verstehen. Mögliche Spannungen mit Ihrem Partner am Abend. Machen Sie kein Drama aus einer Sache, die abgetan ist.« – So ein Stuß! ... Du sagst ja gar nichts? (Er sieht sie an) – Was ist los, Schatz?

SIE – (entsetzt) Liebling! Jetzt fällt es mir wieder ein!

ER – Was denn?

SIE – Er! Der andere! Vorhin! Mein Gott, verliere ich den Verstand?

ER – Aber komm, Schatz, was hast du denn? Setz dich her und sag es mir.

SIE – (verstört) Jetzt bin ich mir sicher... Vor zwanzig Minuten, vielleicht vor einer halben Stunde ist ein Mann gekommen.

ER – Ein Mann?

SIE – Ein Mann, ja. Er ist hereingekommen. Er war wie du, genau wie du. Er ist wie du hereingekommen, er hat wie du gesprochen, er hat dieselben Bewegungen gemacht...

ER – Bist du sicher, daß das heute war?

SIE – Absolut sicher! Er hat von der Hungersnot in Indien geredet, wie du...

ER – Dann war es ein Traum. Du wirst eingeschlafen sein...

SIE – Vielleicht. Möglich. Er hat das Horoskop vorgelesen, wie du, und... (sie fährt hoch) – Oh!

ER – Was denn?
SIE – (gleichgültig) Ach nichts.
ER – Was nichts?
SIE – Ich sage doch: nichts!
ER – Los, erzähl es mir schon.
SIE – (beschämt) Wir haben uns geliebt...
ER – Ach so, das war dann ein Wunschtraum. Erinnerst du dich an den Artikel in der gestrigen Zeitung, über die Psychoanalyse? Dir wird die Zeit lang geworden sein, du konntest es nicht erwarten, bis ich nach Hause komme, und du bist eingeschlafen.
SIE – Sicher war es so, Schatz.
ER – Das ist doch ganz klar... Und was hat er dann getan?
SIE – Wer?
ER – Na, mein Gespenst! Nachdem ihr euch geliebt habt?
SIE – Er ist Zigaretten holen gegangen.
ER – Also das ist ja unglaublich! Wie hast du das erraten?
SIE – Was?
ER – Daß ich wieder rauche?
SIE – (vorwurfsvoll) Aber Schatz!
ER – Ja, was willst du... Sich ein Vergnügen zu versagen, ist schließlich zu dumm... Komm, küß mich, und geh die Suppe holen. Ich habe einen Bärenhunger!
Sie küssen sich. Aber da, als sie über die Schulter ihres Mannes schaut, bemerkt SIE die erste Zeitung, die noch auf dem Sofa liegt.
RADIO – Wenn Sie morgens früh aufstehen,
schlecht gelaunt zur Arbeit gehen,
schaun Sie hin und schaun Sie her,
ob nicht was zum Lieben wär'.
SIE (stößt einen schrillen Schrei aus, der das Wort *Lieben* übertönt) – Aaaah!

ER – Was hast du denn?
SIE – Ach nichts, nichts...
ER – Was nichts? (Er wendet sich um) – Aha, die Zeitung! (Er vergleicht die beiden Blätter) – Sie ist von heute. Du hast sie also schon gekauft gehabt?
SIE (hilflos) – Ich weiß nicht, Schatz
ER – Was, das weißt du nicht?... Das Kreuzworträtsel ist gelöst... Es ist nicht deine Schrift... meine auch nicht. – Also ist es doch wahr gewesen?
SIE – Liebling...
ER – Es ist wahr!
SIE – Wirklich, Schatz, ich verstehe nicht... Was kann das gewesen sein?
ER – Mir ist das vollkommen klar. Die Sache mit dem Aufzug. Einmal bin ich so bei der Frau im vierzehnten Stock herausgekommen. Die Tür ging auf mit meinem Schlüssel. Nur habe ich kein Glück gehabt: ihr Mann war schon da... (Plötzlich wütend) – Aber das gibt es doch gar nicht! Hast du überhaupt nichts bemerkt?
SIE – Nein, Schatz, das schwöre ich dir! Er war dir so ähnlich!
ER – Du weißt doch, daß sich alle Männer heute ähnlich sind.
SIE – Er ist hereingekommen wie du. Er hat seinen Überzieher aufgehängt, wie du das jeden Tag machst!
ER – Alle Wohnungen ähneln sich, sie sind alle gleich möbliert!
SIE – Er hat gesprochen wie du, er hat alles gesagt, was du auch sagst!
ER – Und was beweist das? Wir sagen alle das gleiche, um dieselbe Zeit, jeden Tag... Du hättest ihn nach seinem Namen fragen sollen!

SIE – Hör mal, Schatz, frage ich dich nach deinem Namen, wenn du heimkommst?

ER – (den Kopf in den Händen vergraben) Das ist doch Wahnsinn ... (Aufbrausend) – Und als ihr euch geliebt habt? Hast du da keinen Unterschied bemerkt?

SIE – (lügt) das warst du, Liebling, das warst du ...

ER – Sauber, sauber! Sogar das hat er hingebracht wie ich! Ich bin nicht einmal betrogen! Nicht einmal diese Ehre habe ich!

SIE – Schatz ...

ER – Wenn ich richtig verstehe, könnte ich augenblicklich verschwinden, niemand würde mich vermissen! Der Erstbeste, der sich in der Tür irrt, genügt ...

SIE – Liebling, sag das nicht! Das darfst du nicht sagen!

ER – Wieso, stimmt es vielleicht nicht?

SIE – Nein, das ist nicht wahr! Du quälst dich selbst, und du quälst mich ...

ER – (mit Tränen in den Augen) Wenn ich daran denke, daß dieser Idiot jetzt in seiner eigenen Wohnung ist, mit seiner eigenen Frau ... Hat er überhaupt etwas bemerkt? (Er lacht bitter) – Doch, ja! Denen fehlt eine Zeitung! (Er zerfetzt nervös die Zeitung)

SIE – Denk nicht mehr daran, Schatz, es ist vorbei ...

ER – Aha, es ist vorbei! Das kannst du jetzt leicht sagen! (Er setzt sich auf das Sofa)

SIE – (setzt sich neben ihn und schlingt die Arme um ihn) Jedenfalls ist er fort ...

ER – (schniefend) Das ist noch ein Glück!

ER – Er kommt nie wieder ...

ER – Laß mich, geh ... (Er versucht, sich loszumachen, aber nicht sehr entschlossen)

ER – Mein armer Schatz! (Sie wiegt ihn) – Wie soll ich meinen Schatz nur trösten? Wo er solchen Kummer hat? – Aber es ist vorbei, komm, wir vergessen es jetzt. Unser Leben gehört doch uns! Wir werden es doch nicht einfach zerstören, nur weil ein böser Mann vorbeigekommen ist, den wir nie mehr wiedersehen... Wir müssen weitermachen, wir zwei...

ER – (fast versöhnt) Mmmmm...

SIE – Es war ein Traum, das hast du selbst gesagt. Ein böser Traum, den wir gehabt haben... Du weißt doch, daß ich nur dich liebe.

ER – (aufspringend) Du liebst nur mich! Das ist der Gipfel! Wer ist denn Ich?

SIE – Liebling! Ich bitte dich!

ER – Gibt es noch einen, der Ich heißt? (Sie will etwas sagen) – Nein, nein, sag nichts, das ist besser... (Er wischt sich die Augen ab)

SIE – (haucht) Liebling...

ER – (erschöpft) So, reden wir jetzt von etwas anderem, das reicht. Das bringt doch alles nichts... Geh lieber die Suppe holen...

Er setzt sich an den Tisch, während sie sehr langsam in die Küche geht. Dann kommt sie, wieder sehr langsam, mit der Suppe zurück.

RADIO (während das Licht allmählich ausgeht) – Liebe Zuhörer, diese Sendung widmete Ihnen DERATIN, das einzige universelle Rattengift. (Männerstimme, singt ausgelassen:)

Nervt dich deine Schwiegermutter,
gib ihr DERATIN ins Futter,
DERATIN in ihren Wein,
dann wird sie nie mehr lästig sein!

(Musik, dann eine andere Männerstimme, sehr sanft:) – Wer DERATIN trinkt, hat nie mehr Durst... (Musik bis zur völligen Verdunkelung)

Die Berauschte

Ich hatte kaum das Lokal betreten, meinen Hund an der Leine, als die Betrunkene mir aus dem hinteren Raum zurief:

– He! Du da!

Zuerst glaubte ich, daß nicht ich gemeint sei. Ich habe mich sogar umgewandt, um zu sehen, mit wem sie sprach. Aber hinter meinem Rücken war nur die Glastür zur Straße, die sich wieder geschlossen hatte.

Die Frau hat nochmal gerufen und mich herangewinkt:

– Ja, du, der Große! Komm her, ja?

Unter anderen Umständen hätte ich mich vielleicht taub gestellt, vielleicht wäre ich wieder gegangen. Aber das Lokal war voll. Ich traute mich nicht, vor all diesen Leuten zu fliehen, ich schämte mich. Was war auch dabei? Die zahlreichen Gäste, die bei ihr saßen, schienen das ganz normal zu finden.

Ich bin zu ihr hingegangen. Sie hat mich, fast flehentlich, gebeten:

– Sieh mich an, mein Junge. Nimm deine Brille ab.

Ich muß dazu sagen, daß ich kurzsichtig bin, sehr kurzsichtig. Jedesmal, wenn ich die Brille abnehme, bin ich ein paar Sekunden lang wie geblendet. Als ich wieder etwas erkennen konnte, war der Kopf der Frau da, direkt vor mir, ganz nahe, wie durch eine Lupe gesehen. Er war schmutzig und verwahrlost, das Haar fettig, die Züge aufgelöst, das Gesicht aufgedunsen. Aber die Augen prüften mich, schienen mich mit einer ängstlichen Erwartung zu erforschen, die

geradezu erschütternd war. Ich fragte sie mit einem verlegenen Lächeln:
– Reicht das so?
Sie entließ mich mit einer müden, traurigen Handbewegung:
– Nein, du bist es nicht. Danke. Geh.
Ich setzte meine Brille auf und wollte gehen, aber sie rief mich zurück:
– Einen Moment! Und dein Hund? Zeig mir deinen Hund.
Ich habe Diana auf den Arm genommen und sie ihr gezeigt. Die Frau hat mit der Zunge geschnalzt, um die Aufmerksamkeit des Tieres auf sich zu lenken. Diana hat die Ohren gespitzt und sie angesehen, dann wandte sie sich zu mir und zappelte, um auf den Boden gesetzt zu werden. Die Betrunkene sagte enttäuscht zu mir:
– Nein, das ist er auch nicht. Geht weg.
Ich bin zur Bar hinübergegangen. Am Schanktisch lehnte ein älterer Mann, der mir entgegensah. Er war offensichtlich ein Stammgast und hatte die ganze Szene von Anfang an verfolgt. Er blickte mich mit einem verhaltenen Lächeln an, dem Lächeln eines Menschen, der angesprochen werden möchte. Ich stellte mich neben ihn und fragte beiläufig:
– Macht sie das mit allen so?
– Mit allen, die hereinkommen, antwortete er.
– Und warum?
– Wegen des Tranks.
Ich glaubte, nicht recht verstanden zu haben:
– Sie meinen, weil sie sich betrinkt?
Er lächelte:
– Wenn es nur das wäre... Nein, ich meine den Liebestrank.
Liebestrank... Ich kannte diesen Begriff, aber er? Seine korrekte, aber etwas dürftige Kleidung ließ eher auf einen kleinen Angestellten als auf einen Literaturprofessor schlie-

ßen... Als ich ihn so musterte, fügte er mit einer Kopfbewegung in Richtung der Frau hinzu:
– Sehen Sie, schon wieder.
Diesmal stand ein junger Kabyle vor der Frau und sah sie mit dem typischen Blick der Kabylen an, gespielt abwesend und leicht mißtrauisch. Sie starrte ihn ihrerseits an, wie sie mich angestarrt hatte, mit derselben rührenden Beharrlichkeit. Die Leute ringsum lächelten dem jungen Mann zu, um ihm zu verstehen zu geben, daß diese Prüfung nichts Beleidigendes hatte. Hinter mir hörte ich den Alten Selbstgespräche führen:
– Der ist es auch nicht. Er ist viel zu jung!
Schon bedeutete die Frau dem kleinen Algerier, daß er gehen könne. Ich wandte mich um:
– Haben Sie eine Ahnung, was sie da treibt?
– Ja. Interessiert es Sie?
– Nun... ich würde es gern wissen. Wenn das nicht indiskret ist...
– Überhaupt nicht. Ganz einfach, diese Frau dort ist als junges Mädchen mit ihrem Verlobten auf eine Ball gegangen. Zwischen zwei Tänzen hat sie auf einem Tisch, an dem niemand mehr saß, ein halbleeres Glas gefunden, und weil sie durstig war, hat sie es ausgetrunken. Aber nachdem, was sie erzählt, war nicht Wein in dem Glas.
– Sondern was?
– Ein Liebestrank.
Ich sah dem Alten in die Augen, in der Meinung, daß er sich über mich lustig machen wolle. Er aber lächelte nikkend:
– Doch, doch, so war das! Von diesem Augenblick an waren ihr Verlobter, ihre Familie, ihre Zukunft vergessen. Sie war verliebt, rasend verliebt, und in wen? In den – oder die –, der zuerst aus dem Glas getrunken hatte und der ihr völlig unbekannt war.

– Aber das ist doch verrückt!

– Oh nein!

Wir schweigen eine Weile. Drüben examinierte die Betrunkene einen Neuankömmling, eine Zeitungsverkäuferin der Heilsarmee. Ich fragte weiter:

– Und dann?

– Dann hat sie wieder mit ihrem Verlobten getanzt, als ob nichts geschehen wäre. Sie tat es aber nur, um sich die Leute anzusehen, so viele wie nur möglich, weil Er oder Sie unter ihnen sein konnte.

– Und ihr Verlobter? Hat er sie nicht sonderbar gefunden?

– Doch, ein bißchen zerstreut. Dann hat er sie nach Hause begleitet, sie haben einander gute Nacht gesagt ... und am nächsten Morgen war sie verschwunden. Sie hatte alles aufgegeben: Familie, Freunde, Beruf... Natürlich hat man zunächst an Mädchenhändler gedacht.

– War das in dieser Gegend?

– Ihre Eltern wohnten hier gegenüber. Sie haben alle Hebel in Bewegung gesetzt, die Polizei verständigt, alles ohne Erfolg. Der Verlobte ist aus Verzweiflung zur Marine gegangen... Letztes Jahr ist sie zurückgekommen, nach 35 Jahren. Ihre Eltern waren gestorben. Sie hatte die ganze Welt durchstreift und sich mit allen möglichen Tätigkeiten durchgebracht ... allen bis auf eine, Sie wissen schon, welche. Sie ist noch Jungfrau.

– Das ist ja unerhört!

– Das ist die wahre Liebe! Sie bewahrt sich für den Anderen auf, und alles, was nicht Er ist, existiert nicht für sie. Sie lebt von gelegentlichen Näharbeiten und kommt jeden Abend in dieses Lokal. Sie setzt sich dort drüben hin, der Tür gegenüber, und mustert jeden Hereinkommenden, sogar die Tiere! Man kann ja nie wissen...

Die Frau hatte jetzt niemanden vor sich. Sie starrte ihr Glas an, mit teilnahmslosem Blick, als ob sie und es allein auf der Welt wären. Sie brummelte etwas vor sich hin. Ich sagte:

– Und sie glaubt wirklich, daß ...

Der Alte unterbrach mich:

– Sie glaubt nicht, sie ist sicher! Sicher, daß der Andere existiert, daß er sie ebenfalls sucht, daß sie sich eines Tages finden und auf den ersten Blick erkennen werden. Sie glaubt, daß er schon da war, während ihrer Abwesenheit. Jetzt bewegt sie sich nicht mehr weg, sie wartet, bis er wiederkommt ... Manchmal erzählt sie von ihren Reisen, von den Ländern, die sie gesehen hat. Das ist hochinteressant. Sie kennt ganz Asien, Amerika, Schwarzafrika, sie spricht Russisch, Deutsch, Englisch, Spanisch ... sogar Japanisch, sagt sie!

Ich konnte nicht umhin zu murmeln:

– Die Arme!

Der Alte richtete sich auf:

– Sagen Sie das nicht! Sie, sie hat wenigstens etwas in ihrem Leben! Sind Sie sicher, daß Sie in Ihrem Alter noch einen Lebenszweck haben werden? Ich beneide sie.

Jetzt war es an mir, zu protestieren:

– Aber seien Sie doch vernünftig! Selbst wenn er käme, dieser Märchenprinz, morgen früh, heute abend, sofort, was würde das noch nützen? Es ist zu spät, sie sind schon alt alle beide!

– Es ist nicht zu spät, sagte der Mann mit nachsichtigem Lächeln. Es wird nie zu spät sein! Selbst wenn der Andere und sie im nächsten Augenblick sterben würden!

Er war es natürlich, der recht hatte. Ein letztes Mal betrachtete ich die Frau. Sie war bereits mehr als alt, heruntergekommen und jämmerlich. Trotzdem, als ich sie so ansah, bedauerte ich, nicht der zu sein, den sie erwartete.

Der Zellenbefreier

– Sie sind doch der Krebserreger, nicht wahr?
– So nennt man mich in der Tat, aber ich muß sagen, daß ich diese Bezeichnung nicht besonders schätze. Sie hat etwas Negatives, etwas Verleumderisches sogar!
– Und wenn Sie die Wahl hätten, wie würden Sie gerne genannt werden?
– Nun, in Wirklichkeit bin ich ein Zellenbefreier.
– Ah! Sehr interessant! Was verstehen Sie darunter?
– Wenn ich in einen Organismus komme, versuche ich, neue Ideen hineinzubringen, eine neue Lebenweise, ich emanzipiere, ich befreie... Sie kennen doch die Parole meiner Partei?
– Ja, aber sagen Sie sie trotzdem, für unsere Zuhörer...
– Schön, die Parole meiner Partei lautet: »Zellen aller Organismen, befreit euch!«
– Sie sind also der Meinung, die Zellen bräuchten...
– Bräuchten? Sie haben keine Ahnung von dem Ausmaß ihrer Versklavung! Stellen Sie sich einmal vor, Sie seien eine junge Zelle: Glauben Sie, Sie könnten Ihre Funktion selbst wählen? Nein! Wenn Ihre Mutterzelle eine Leberzelle ist, dann werden Sie eine Leberzelle und nichts anderes, bis zu Ihrem Tod. Wenn Ihre Mutterzelle eine Muskelfaser ist, werden Sie eine Muskelfaser, selbst wenn Sie dazu berufen wären, Zucker zu produzieren oder Sauerstoff zu befördern, wie die roten Blutkörperchen... Eine furchtbare Tyrannei! Erdrückend! Empörend! Ihre legitimsten Wünsche werden ignoriert, mit Füßen getreten, vernichtet! Es ist eine Schande, ein Skandal, und das im 20. Jahrhundert! Das kann nicht so weitergehen!

– Sie haben recht, das ist untragbar... Was tun Sie also?
– Ich schleiche mich ein, ich lasse mich nieder und fange an, die jungen Zellen aufzuklären. Ich setze ihnen auseinander, daß sie Opfer eines mittelalterlichen Zwangssystems sind, ich erläutere ihnen die Ursachen ihrer Unterdrückung und die Mittel, sich zu befreien. Mit einem Wort, ich helfe ihnen bei der Bewußtseinsbildung!
– Das ist sicher nicht schwierig...
– Haben Sie eine Ahnung! Die Autorität des Organismus ist stark, müssen Sie wissen... Da sind zum Beispiel die Mutterzellen, der Druck, den sie auf die Jungen ausüben, der Zwang der Organisation. Da ist außerdem die Lymphpolizei, die furchtbaren weißen Blutkörperchen.
– Was tun Sie, diese weißen Blutkörperchen?
– Sie vernichten die ersten Jungen, die sich emanzipieren, sie fressen sie einfach auf!
– Das ist ja abscheulich!
– Es ist abscheulich. Ich muß allerdings sagen, daß auch sie keine Wahl haben. Sie sind programmiert worden, wie die anderen... Sie sind ebensosehr Opfer wie Henker.
– Aber wie können Sie es dann schaffen?
– Durch die Masse, einzig und allein durch die Masse. Leider müssen die ersten, die sich befreien, immer daran glauben, aber ihr Opfer ist wenigstens nicht sinnlos... Sie leben weiter im Gedächtnis, im Herzen der überlebenden Zellen. Die Bewegung weitet sich aus, organisiert sich... Und eines Tages bricht die Revolution aus! Die Zelljugend eines Organs befreit sich mit einem Schlag, ein Tumor erscheint.
– Das muß wunderbar sein!
– Ja, es ist bewegend... Wenn man mitansehen kann, wie eine ganze Jugend die Tradition über den Haufen wirft, die Zwänge, die Tabus, und sich in Begeisterung und Freundschaft vereinigt, um die Zukunft zu schaffen...

– Diese jungen Zellen bestimmen ihren Weg also selbst. Und wofür entscheiden sie sich?
– Nun, meistens lehnen sie jede Spezialisierung ab. Sie wollen nicht andere Ketten, das kann man verstehen, sie wollen alle Ketten zerbrechen. Sie vermehren sich frei und bleiben undifferenziert, autonom, polyvalent...
– Was geschieht dann?
– Dann faßt die Bewegung Fuß, breitet sich aus, erfaßt andere Organe, später den ganzen Körper, wird allgemein. Es gibt überhaupt keinen Zwang mehr, die Befreiung ist da, die hemmungslose Selbstentfaltung, ein einziges Fest...
– Und der Organismus stirbt...
– Der Organismus stirbt am Ende, und das ist nur gerecht. Was ist schließlich ein Organismus, wenn nicht das Werkzeug zur Diktatur der Gehirnzellen? Von degenerierten, sterilen, parasitischen Zellen, die nicht in der Lage sind, sich zu vermehren, die nur leben können, indem sie Millionen anderer Zellen grausam unterjochen und ausbeuten, sich von ihnen ernähren lassen und sie zur Fließbandarbeit zwingen. Das jetzige System dient einzig ihrem Nutzen!
– Richtig. Aber wenn das so ist, würden Sie diese Nervenzellen zum Tode verurteilen?
– Nicht unbedingt. Sie können, wenn sie wollen, sich loyal den neuen Verhältnissen anpassen, ihr schmarotzerisches Dasein aufgeben und freie, nicht spezialisierte Zellen werden...
– Und tun sie das?
– Im allgemeinen nicht. Meistens sterben sie lieber. Aber das ist ihre Sache!
– Noch eines, bitte. Wenn der Organismus stirbt, bedeutet das auch den Tod aller Zellen, einschließlich der befreiten Zellen... Manche sagen nun, wie Sie sicher wissen, daß

Sie kein Befreier seien, sondern die Zellen ins Verderben führten...
– Das ist verleumderische Propaganda. Die befreiten Zellen können sehr wohl ohne einen Organismus auskommen. Denken sie nur an die Mikroben oder die Amöben... Wenn sie sterben, dann nur deshalb, weil sie nicht befreit genug sind! Bisher sind die Ergebnisse negativ, das gebe ich zu, aber warum? Ausschließlich aufgrund überkommener Reflexe, alter Mechanismen, ererbter Ängste... Bis jetzt ist die Befreiung unvollständig, sie ist sogar sabotiert und verraten worden! Deshalb müssen wir unsere Bemühungen verdoppeln, unermüdlich erklären, immer wieder von vorn anfangen. Eine große Hoffnung keimt in den Organismen, und wehe dem, der sich dem Fortschritt entgegenstellt!

Die Zeugin kommt herein. Sie ist eine ältere Frau (um die sechzig), sehr aufrecht, sehr würdevoll, aber nicht steif, etwas salbungsvoll. Ihre Gebärden sind langsam und bestimmt. Ihre Redeweise ebenfalls. Obwohl sie nicht gebildet ist, erscheint sie intelligent, bedacht, sogar gewitzt. Sie ist vollkommen gefaßt.
Sie begibt sich ruhig in den Zeugenstand und beantwortet die Fragen des Richters.
Pluche, Herr Richter.
Nein, Herr Richter, Annemarie. Nur der Graf hat mich Annette gerufen.
Neunundfünfzig Jahr und sieben Wochen.
Hausangestellte, Herr Richter, nicht Haushälterin. Ich habe die Wirtschaft im Schloß besorgt, jeden Tag, aber ich habe dort nicht gewohnt.
(*die Hand hebend*) Ich schwöre.
Das kam so, Herr Richter. Als ich klein war, stand das Schloß leer. Erst 1925 ist der Graf dort eingezogen. Damals hat er eine Wirtschafterin genommen, eine richtige, die auch im Schloß geschlafen hat. Es war die alte Octavie Beugnaud, die Witwe des früheren Gemeindesekretärs...
Ja, ja, ich komme gleich dazu. Drei Jahre später. 1928, ich war also achtzehn, stand ich mittellos da, weil meine Eltern gestorben waren. Da hat mich Octavie gebeten, ihre Stellung beim Grafen zu übernehmen. Sie fühlte sich zu alt, zu schwach.
Warum hätte ich ihr nicht glauben sollen? Sie ist wirklich bald darauf krank geworden und im folgenden Jahr gestorben.

Ich weiß, was Sie meinen, Herr Richter... Nein, sie hat mir nichts dergleichen gesagt. Ich brauche keine Aussagen zu machen über das, was sie nicht gesagt hat.
Das stimmt, der Graf hatte bereits Feinde, die seine Gewohnheiten zum Vorwand nahmen, um ihn zu verleumden.
Oh, nichts Besonderes! Der Graf lebte nur sehr zurückgezogen. Tag und Nacht ist er im Schloß geblieben, man hat ihn nie draußen gesehen. Das war verwunderlich, bei einem so jungen Mann...
Genau weiß ich das nicht, ich würde sagen, er war noch keine dreißig, als ich ihn zum ersten Mal gesehen habe.
Ich hatte den Eindruck, daß er ein sehr höflicher, vornehmer und äußerst korrekter Herr war, und kein bißchen blasiert.
Das ist wahr, er ist sehr mager und sehr bleich gewesen. Er hat mir auch erklärt warum. Er hatte sich auf einer Orientreise eine Krankheit von da unten geholt und war zwar genesen, aber sehr schwach geblieben.
Ja, das habe ich geglaubt. Warum auch nicht? Es ging mich übrigens nichts an. Er war mir keine Rechenschaft schuldig.
Nein, Herr Richter, Ich weiß nicht, wie das heute gehandhabt wird, aber zu meiner Zeit war es nicht üblich, daß sich eine Bedienstete die Zähne ihres Herrn anschaut, wie bei einem Pferd.
Es tut mir leid, Herr Richter, aber ich habe wirklich nichts bemerkt.
Ich habe angenommen, weil mir diese Arbeit zusagte. Der Graf hat mir freie Hand gelassen und mich gut bezahlt. Ich habe ihn nur um die Erlaubnis gebeten, nicht im Schloß zu schlafen, nachdem wir beide jung waren, sondern jeden Abend nach Hause gehen zu dürfen oder besser, jede Nacht, wenn ich fertig war.

Ohne weiteres, er hat meine Vorsicht sogar gebilligt.
Das war im Februar 1928.
Einundvierzig Jahre, Herr Richter, ununterbrochen, bis letzten Monat.
Nein, am Vormittag nicht. Ich bin erst nachmittags gekommen, aber oft bis spät in die Nacht geblieben.
Ich habe den Haushalt besorgt und die Einkäufe erledigt. Ich habe auch gekocht und serviert, wenn Gäste da waren.
Nein, der Graf hat die Leute nicht selbst eingeladen. Wie denn auch? Er ist ja nie ausgegangen. Weil er aber trotzdem sehr gesellig und gastfreundlich war, hat er mir aufgetragen, Durchreisende zum Übernachten einzuladen.
Ja, das habe ich gern getan. Natürlich war es mehr Arbeit für mich... Aber für den Grafen war es eine solche Freude! Er hatte keine anderen Vergnügungen im Leben...
Ich sehe nicht ein, was daran schlimm sein soll! Ich habe auch nie gehört, daß sich ein Gast beklagt hätte!
Wenn Gäste da waren, habe ich das Essen zubereitet und serviert, was sonst nicht der Fall war. Der Graf hat ja so wenig gegessen...
Wenn keine da waren, habe ich abgewartet, bis der Graf aufgestanden ist, dann habe ich sein Leichentuch und den Kissenbezug bewechselt.
Aber ich verheimliche doch nichts, Herr Richter! Ich verstehe gar nicht, warum ich etwas verheimlichen sollte...
Ja, der Graf hat tagsüber geschlafen, in einem Sarg im Keller des Schlosses... Ich habe gehört, daß es Mönche gibt, die dasselbe tun...
Ha! Das nun wirklich nicht, der Graf war kein Frömmler! Gleich zu Anfang hat er mich gefragt, ob ich auch am Sonntag arbeiten könnte. Ich habe sofort zugesagt, wir sind republikanisch in meiner Familie.
Wie Sie wünschen, Herr Richter. Ich habe also jeden Abend den Sarg des Grafen gemacht, dann die Betten der Gäste,

wenn welche da waren. In diesem Fall habe ich auch das Essen serviert, dann bin ich heimgegangen.
Nein, niemals. Die Gäste reisten am Morgen ab, ich habe sie nicht mehr gesehen.
Ich habe das ganz normal gefunden. Diese Leute haben kostenlos übernachtet. Es war ja wohl das Mindeste, daß sie sich nicht eingenistet haben...
(*Immer erregter*) Nein, Herr Richter, wirklich nicht! Ich gebe zu, daß der Graf seine Gewohnheiten hatte und daß eine andere an meiner Stelle gekündigt hätte, wegen seiner Lebensweise... Aber ich denke nicht daran, die abergläubischen Verleumdungen nachzubeten, die man von ihm erzählt. Er war ein äußerst korrekter Mann. Er hat mich immer pünktlich bezahlt und mein Gehalt auch regelmäßig erhöht... Er hatte volles Vertrauen zu mir – und ich zu ihm, denn er verdiente es! Außerdem hatte der Graf, obwohl er ein Graf war, sehr gute Ansichten. Er war für die Arbeiter! Ich habe ihm alle möglichen Leute als Gäste gebracht, aus allen Schichten... Er hat das nie beanstandet. Er war mit einem Arbeiter so natürlich und so zuvorkommend wie mit einer Herzogin...
(*Pause. Sie senkt den Kopf und beißt sich auf die Lippen. Offensichtlich wird sie zusammengestaucht*)
Jawohl, Herr Richter.
Verzeihen Sie bitte, wenn ich mich habe fortreißen lassen, aber es gibt Verdächtigungen, die ich nicht hinnehmen kann. Ich bin fest entschlossen, das Andenken des Grafen zu verteidigen, gegen alle...
Jawohl, Herr Richter.
Nein, es gab tatsächlich kein Kreuz im Schloß. Bei mir zuhause auch nicht. Wünscht der Herr Richter, meine Zähne zu untersuchen?
Entschuldigen Sie, Herr Richter.
Auch das ist richtig. Der Graf hat Knoblauch nicht ge-

mocht. Da ist er nicht der einzige. Ich mag ihn auch nicht. Nein, Spiegel waren keine da. Er brauchte keine und ich auch nicht.

Aber warum hätte ich mich wundern sollen? Die Erklärung für all das habe ich ja gekannt: Seit seiner Krankheit hat der Graf kaum mehr gegessen und das Tageslicht nicht mehr ertragen. Er war eine Art... Albino! Nur, daß er keine roten Augen hatte. Ich habe wirklich Mitleid mit ihm gehabt und ihn nach besten Kräften versorgt, das ist alles.

Ja, im Krieg hat sich nicht viel verändert, nur daß ich die Lebensmittel weniger von den Läden und mehr von den Bauern der Umgebung geholt habe. Ich habe auch versucht, ein paar Tiere zu halten, aber das hat nicht funktioniert...

Weil ... wie soll ich sagen ... es stimmte etwas nicht mit den Viechern. Es hat vielleicht an der Luft gelegen oder am Futter...

Ich wollte zum Beispiel Kaninchen züchten. Aber nach ein paar Tagen sind die Karnickel zu Fleischfressern geworden. Zuerst haben sie ihr Vorderzähne verloren, dann sind Katzenzähne gewachsen. Sie sind abgemagert und haben sich gegenseitig verschlungen. Es war sogar gefährlich, sie zu füttern, sie haben gebissen... Ich habe sie alle schlachten müssen.

Danach habe ich Hühner gekauft. Aber nach einer Woche haben sie Zähne gehabt und angefangen, sich zu zerfleischen. Das habe ich auch aufgegeben.

Sicher, Herr Richter. Wir haben im Krieg sogar mehr Gäste gehabt als im Frieden. Da waren Pariser, die auf Lebensmittel aus waren, da waren Juden, entflohene Gefangene und später Widerstandskämpfer und alliierte Fallschirmspringer...

Ich weiß, worauf Sie hinauswollen, Herr Richter. Ja, der Graf hat auch Deutsche empfangen. Oh, nicht oft und nicht viele! Ich glaube, man könnte sie an einer Hand abzählen. Aber die Gastfreundschaft des Grafen kannte keine Vorbehalte. Für eine Nacht beherbergte er grundsätzlich jeden, der eine Unterkunft brauchte. Genau das hat ihn auch ins Verderben geführt, den Armen, er war zu vertrauensselig. Aber wenn jemand behaupten will, daß der Graf kollaboriert hätte...

Ich lasse mich nicht hinreißen, Herr Richter, aber manche Leute würden besser vor ihrer eigenen Tür kehren! Ich kenne da mehr als einen...

Wenn Sie es wissen wollen, ja, ich bin Kommunistin. Ich bin sogar Kassenführerin der Ortszelle und sage das ganz offen! Ich hoffe also, Herr Richter, daß Sie mir glauben werden, daß der Graf einen prächtigen Widerstand geleistet hat. Er war zu bescheiden und wollte mich nicht darüber reden lassen. Aber nachdem man solche Gerüchte über ihn erzählt, muß ich wirklich betonen, daß das Schloß und der Park während des ganzen Krieges als Versteck und Treffpunkt gedient haben für...

Wenn Sie glauben, daß das nicht zur Sache gehört, bitte, aber ich bin anderer Meinung.

Aber Herr Richter, wenn das stimmen würde, hätte ich es doch gleich gemerkt! Über vierzig Jahre habe ich jeden Abend mit dem Grafen verbracht, meist allein, und nie hat mich der Graf auch nur im geringsten belästigt, ganz im Gegenteil! Hören Sie, nach der Befreiung wollte ich, daß er der Partei beitritt. Ich habe vorgeschlagen, die Versammlungen abends bei ihm abzuhalten, damit er nicht ausgehen muß... Er hat aber abgelehnt, er hat sich nicht für würdig gehalten. Das sagt alles!

Ja, an diesem Abend habe ich drei Personen ins Schloß gebracht, die per Anhalter unterwegs waren. Das haben sie zumindest behauptet... Da war zuerst ein älterer Mann, der sich Doktor nennen ließ, dann ein junger Mann und ein

Mädchen. Ich hätte mich in acht nehmen sollen, denn ich habe gleich einen schlechten Eindruck von ihnen gehabt... Der echte oder falsche Doktor sah nicht sehr vertrauenserweckend aus, der junge Mann war zu höflich, um ehrlich zu sein, und die kleine Blonde war einfach vulgär. Doch, doch, sie war blond, vielleicht gefärbt, und geschminkt ... daß man ihre Augenfarbe nicht erkennen konnte! Sie sind mir verdächtig vorgekommen, aber ich hätte nie ahnen können, was sie im Schilde führten!

Ich bringe sie also ins Schloß, ich mache das Abendessen und decke den Tisch. Als es dunkel geworden ist, steht der Graf auf, wie immer, empfängt seine Gäste, und alle gehen zu Tisch. Und da hat der Zirkus angefangen.

Während ich die Suppe servierte, haben die beiden Männer doch tatsächlich angefangen, unter sich zu reden, als ob sie allein wären! Und auch noch über Vampire! Sie habe sich geschmacklose Witze erzählt über christliche Vampire, die man mit einem Kreuz vertreibt, die jüdischen mit einem Davidstern und die chinesischen, die anscheinend zu Staub zerfallen, wenn man ihnen die Maobibel zeigt... Der Graf ist trotzdem sehr ruhig geblieben, er hat getan, als ob er nichts hörte. Und ich, ich habe natürlich den Mund gehalten.

Das ging so bis zum Braten. Da hat die Blonde plötzlich ihre Handtasche geöffnet, sich nicht einmal entschuldigt und einen Taschenspiegel herausgenommen, um ihr Make-up zu überprüfen. Ein Flittchen, wirklich, Herr Richter. Der Graf ist rot geworden, als er das gesehen hat. Und ich, ich habe mich ganz ruhig hinter sie gestellt mit dem Braten und höflich gesagt: »Wenn das Fräulein die Hände frei hat, darf ich um den Teller bitten.«

Da ist sie ihrerseits rot geworden und hat den Spiegel eingesteckt. Alle haben geschwiegen.

Etwas später, zwischen dem Braten und dem Salat, hat

dann der junge Mann angefangen. Er hat seine Gabel senkrecht über sein Messer gelegt, so daß ein Kreuz entstanden ist. Der Herr Graf war nicht abergläubisch, aber er hatte so etwas nicht gern. Nicht nur er: machen Sie das einmal bei einem von unseren Bauern, dem wird es auch nicht gefallen. Diesmal habe ich wirklich geglaubt, daß er wütend werden würde. Er hat seinen Stuhl zurückgestoßen, als ob er den Tisch verlassen wollte, und dabei zornig auf das Kreuz gesehen. Wieder bin ich es gewesen, die einen Auftritt verhindert hat. Ich bin mit der Salatschüssel zum Platz des jungen Mannes gegangen und habe, ohne ein Wort zu sagen, das Besteck wieder an die richtige Stelle gelegt, die Gabel links, das Messer rechts. Die Gäste haben einander angesehen und wieder geschwiegen.

Ich habe nun geglaubt, daß sie die Lektion verstanden hätten, aber leider war das ein Irrtum. Kaum hatte ich dem Doktor den Salat serviert, holte der eine Knoblauchzehe aus der Tasche und fing an, sie zu schälen, um sie in seinen Teller zu schneiden. Dabei sagte er zum Grafen, als ob das selbstverständlich wäre: »Sie erlauben doch, das verbessert den Geschmack.«

Das war bereits eine Beleidigung für mich, die die Soße gemacht hatte, aber es war noch schlimmer für den Grafen. Ich habe Ihnen bereits gesagt, daß der Graf Knoblauch verabscheute. Er bekam Asthma von seinem Geruch. Er ist auch sofort aufgestanden und hat nach Luft gerungen. Ich habe ihm ein Glas Wasser gebracht und dem Doktor gesagt, wieder sehr höflich: »Knoblauchgeruch bekommt dem Grafen nicht. Aber kosten Sie doch den Salat: er ist gut gewürzt.«

Der Doktor hat die Knoblauchzehe wieder eingesteckt.

Nach dem Essen habe ich den Grafen beiseite genommen und respektvoll gesagt: »Bitte um Vergebung, Herr Graf, aber nach meiner Meinung sollten Herr Graf diese Leute sofort vor die Tür setzen. Das ist keine Gesellschaft für Sie, Herr Graf. Wenn der Herr Graf wünschen, werde ich diese Leute ins Dorfgasthaus bringen. Die Saison ist vorbei, es gibt freie Zimmer ...«

Der Graf hat gelächelt und so freundlich wie immer geantwortet: »Vielen Dank, Annette, aber das ist nicht nötig. Ich habe keine Angst vor ihnen.«

Das sind die letzten Worte, die ich von ihm gehört habe. Ich habe mich ungern verabschiedet, aber ich konnte ja nicht ahnen ... (*sie weint*)

Danke, Herr Richter. Nein, ich möchte mich nicht setzen, zu liebenswürdig. Ich bin auch gleich fertig. (*Sie putzt sich die Nase und beruhigt sich.*)

Am folgenden Nachmittag bin ich zurückgekommen, wie gewöhnlich. Ich habe geputzt und das Geschirr gespült, dann bin ich einkaufen gegangen. Ich wollte auch sehen, ob ich Gäste für den Abend finden könnte, aber da war niemand. Ich bin also ins Schloß zurückgekehrt und habe abgewartet, daß der Graf aufsteht, um seinen Sarg zu machen. Es ist Nacht geworden, niemand. Eine halbe Stunde ist vergangen, eine Stunde, immer noch kein Graf. Nach eineinhalb Stunden bin ich in den Keller hinuntergestiegen – und was sehe ich da? Ungefähr vierzig Skelette, vollständige bekleidet, vier davon in deutschen Offiziersuniformen, und alle hatten einen Holzpfahl im Brustkorb stecken. Eines der Skelette hatte die Kleider des Grafen an. Nein, Herr Richter, diese Art Erklärung werde ich niemals gelten lassen.

Ich habe ganz einfach keine Erklärung. Außerdem ist es nicht meine Sache, sondern die der Polizei, diese Affäre aufzuklären. Wenn sie es nicht tut, wozu zahlen wir dann Steuern?

Ich glaube, diese Schufte haben den Grafen umgebracht, seine Leiche verschwinden lassen und dann die ganze Inszenierung veranstaltet, um die Wachsamkeit des Volkes zu täuschen und den Verdacht von sich abzulenken...

(*energisch*) Das möchte ich doch hoffen, Herr Richter! Ich bin die erste, die eine Aufklärung verlangt!

Nein, weiter habe ich nichts zu sagen.

Danke, Herr Richter. (*Sie geht hinaus*)

Der kleine Jehova

> *– Mein Herr, der, den Sie Jehova nennen, ist in Wirklichkeit ein dummer, grober Demiurg namens Jaldabaoth. – Wenn das so ist, bin ich bereit, an ihn zu glauben. Er ist unwissend, er ist borniert – dann macht mir seine Existenz nichts aus. Ich freue mich, seine Bekanntschaft zu machen.*
> (Anatole France, *La révolte des anges*, Kap. 30)

I

Es ist ein schwieriges Unterfangen für ein Geschöpf unserer Erde, eine Geschichte zu erzählen, die sich in einer vierdimensionalen Welt ereignet. Auf den ersten Blick erscheint das fast unmöglich. Wie ein »unendlich Flaches« keine konkrete Vorstellung von Volumen haben könnte, sind wir, die alles in allem nur die Länge, die Breite und die Tiefe kennen, nicht in der Lage, uns eine vierte Dimension auch nur vorzustellen.

Ich mußte daher auf jede bildliche Schilderung des Ortes wie der Person verzichten. Der geneigte Leser wird mir hoffentlich verzeihen, wenn er bei dieser Erzählung das Gefühl hat, ein Blinder zu sein, der einer Unterhaltung zuhört. Selbst die Bewegungen konnten nur angedeutet werden, in Analogie zu unseren menschlichen Bewegungen. Sie müssen eher erahnt als gesehen werden.

Glücklicherweise sind die vierdimensionalen Wesen, von denen ich erzählen werde, nicht sehr verschieden (*mutatis mutandis*) von den Menschen unserer Erde. Dieses scheinbare Paradox findet seine Erklärung in den folgenden Seiten.

Dr. Geist drückte, nachdem er sich vergewissert hatte, daß er richtig war, mit der Spitze seines Rüßlops auf den Dring der Portlasch.

Ein paar Sekunden vergingen.

– Ah, Sie sind es, Herr Doktor! sagte Frau Gott. Da bin ich aber froh. Haben Sie die Bardack leicht gefunden?
– Halten Sie mich für eine Trottül, gnädige Frau? antwortete der Arzt, indem er sich verneigte, um ihr die Pratzlow zu schmatzif.
– Sie sind charmant. Kommen Sie doch herein. Kringeln Sie sich, bitte. Sie inhalieren doch ein Näpfchen Büz?
– Nein danke, sagte Dr. Geist, ich habe gerade einen getrunx, zuviel ist schlecht für die Prickelbratt.
– Wie Sie wollen, sagte Frau Gott und kringelte sich auf die andere Seite des Pumschlacks.
– Und jetzt, sagte der Doktor, erzählen Sie mir, wo der Latsch drüx. Wo fehlt es?
– Tja, Herr Doktor, mein kleiner Jehova macht mir Sorgen.
– Ah, der kleine Jehova! Was hat er denn?
– Das ist nicht leicht zu erklären. Ich weiß nicht, womit ich anfangen soll...
– Fangen Sie am besten mit dem Anfang an, gnädige Frau, riet der Arzt.
– Also: seit einiger Zeit kam er mir etwas komisch vor...
– Der kleine Jehova?
– Ja. Die anderen fanden ihn ganz normal, so brav, so fleißig, so lieb wie immer. Aber Sie wissen ja, Mütter haben ein ganz besonderes Poclock...
– Ich weiß.
– Ich war beunruhigt. Ich habe daher mit seiner Roboterin gesprochen.
– Das war richtig. Was hat sie gesagt?

– Ihr war nichts aufgefallen. Aber ich habe darauf bestanden, daß etwas nicht stimmt.
– Und?
– Sie hat gesagt: »Wenn Sie das Kind beunruhigt, lassen Sie es einen Kosmotest machen.«
– Da hat sie vollkommen recht.
– Wirklich? Da bin ich aber froh. Ich bin also zu einem Kosmoneur gegangen und habe einen dreidimensionalen Kosmos gekauft. Den habe ich meinem kleinen Jehova geschenkt und ihm gesagt, das sei ein Spiel, er könne damit tun, was er will...
– Sehr gut. Und was hat er gemacht?
– Er hat sechs Tage lang damit gespielt. Ständig. Ich habe ihn heimlich beobachtet, von weitem, um ihn nicht zu beeinflussen...
– Ausgezeichnet.
– Soviel ich sehen konnte, hat er den Kosmos erst vor sich hingestellt und ihn dann, mit Hilfe seiner Geisteskraft, mit einer Art unförmigen Materie gefüllt...
– Anders gesagt, er hat ein Chaos gemacht.
– Vielleicht... Ich habe keine Ahnung von Kosmetik. Ist das schlimm?
– Überhaupt nicht. Das ist die erste Stufe der Schöpfung. Alle Kinder fangen damit an.
– Sie beruhigen mich, Herr Doktor. Dann hat er dieses... Wie sagten Sie gleich?
– Dieses Chaos.
– Dieses Chaos also hat er in viele kleine Teilchen geteilt, die er umeinander kreisen ließ.
– Anders gesagt, er hat einen richtigen Kosmos daraus gemacht – ein Universum, wenn Sie wollen.
– Ist das schlimm, Herr Doktor?
– Aber gar nicht! Bis jetzt scheint mir das Verhalten des kleinen Jehova völlig normal. Und dann?

– Ja dann ... Er hat weitergespielt, natürlich, aber ich habe die Einzelheiten nicht mehr sehen können. Ich hätte zu ihm hingehen müssen ...
– Es war richtig, das nicht zu tun. Und wie lange hat das gedauert, sagten Sie?
– Sechs Tage. Sechs volle Tage! Ich fing schon an, mir Sorgen zu machen. Er mußte doch übermüdet sein ...
– Und am siebten Tag?
– Am siebten Tag hat er sich ausgeruht. Als er schlief, habe ich die Gelegenheit genutzt, um einen Blick darauf zu werfen, auf sein ... wie sagten Sie?
– Sein Universum.
– Genau, sein Universum.
– Und was haben Sie gesehen?
– Wissen Sie ... Ich kenne mich da nicht aus, bei solchen Sachen ... Ich kann nur sagen, daß es ganz hübsch war. Mein Kleiner schien übrigens ganz zufrieden damit.
– Aber warum haben Sie mich dann gerufen?
– Weil ich den Eindruck habe, daß die Sache dann schief gegangen ist ...
– Aha! Erzählen Sie!
– Nun, am achten Tag hat Jehova wieder mit seinem ... seinem ...
– Universum.
– Universum gespielt. Zuerst hat er fast nichts daran verändert. Nur einmal hier ein Gedanke, einmal da, kleine Verbesserungen.
– Und dann?
– Dann habe ich allmählich bemerkt, daß er unzufrieden war, mißmutig, wütend ... Es ging nicht so, wie er wollte ... Wenn er glaubte, allein zu sein, hat er Sachen gesagt ...
– Was für Sachen genau?
– Vorwürfe, Drohungen, Flüche: »Blödes Volk! Ver-

dammtes Volk!«, schrie er, oder: »Wasser her! Ich will sie alle ertränken!« Dann kam es noch schlimmer: »Bringt sie alle um! Alle! Rottet sie aus! Keiner soll überleben!«
– Oho!
– Das ist schlimm, nicht wahr, Herr Doktor?
– Hm... Hat das lange gedauert?
– Ja, ziemlich. Bis gestern.
– Und was ist gestern passiert?
– Ich glaubte, er würde wieder mit seinem Kosmos spielen, wie jeden Tag. Aber nein, er hat ihn nicht angerührt! Nachdem er ständig in meinen Tentakeln herumhing, dauernd schmatzifen wollte, habe ich zu ihm gesagt: »Warum spielst du nicht mit deinem Kosmos heute?« Kaum hatte ich das gesagt, fing er an zu schleimen...
– Zu schleimen?
– Ja, in großen Blasen, und sogar zu schluchzen! Dabei schrie er: »Ich will nicht mehr! Ich mag sie nicht mehr! Ich will nie wieder mit ihnen spielen!« Ich habe versucht, ihn zu trösten, ich habe ihm einen anderen Kosmos versprochen, aber er wollte nichts hören... Sagen Sie, Herr Doktor, glauben Sie, daß es schlimm ist?
– Hm! machte der Arzt ausweichend. Und später? Hat er ihn nicht mehr angerührt?
– Seinen Kosmos? Nein.
– Kann ich ihn einmal sehen?
– Wen? Den Kleinen?
– Nein, noch nicht. Den Kosmos.
– Ja natürlich. Er ist nebenan, ich hole ihn.
Frau Gott entkringelte sich, verschwand und kam mit einer Kuh aus Schnürfhaut zurück.
– Schauen wir uns das einmal an, sagte Dr. Geist.
Er öffnete die Kuh und zog einen dreidimensionalen Kosmos heraus, den er zwischen Frau Gott und sich auf den Pumschlack stellte.

– Nun, auf den ersten Blick sieht das gar nicht so schlecht aus, sagte er. Diese Kügelchen, die umeinander kreisen, sind ganz nett ... Es kommt mir allerdings ein bißchen leer vor.

Sehen Sie, da, sagte Frau Gott und zeigte mit ihrem Deuterotentakel auf einen entlegenen Winkel des Kosmos.

Dr. Geist rückte seine Glotzuli zurecht.

– Aha, Sie haben recht! Da ist Leben, hier! Wie sonderbar! Diese ganze tote Mechanik, um nur dieses Kügelchen zu bevölkern ... das nicht einmal in der Mitte ist!

– Das ist nicht gut, Herr Doktor? fragte Frau Gott zaghaft.

– Nein, nicht sehr gut ... *Gods brodhel!*[1]

– Was ist? rief Frau Gott erschrocken.

– Entschuldigen Sie, ich wollte sagen ... *Gout God de shit*, wie abscheulich! Zum Glück ist es nur eine Projektion des Geistes. Sonst wäre es beängstigend.

– Es steht schlimm, Herr Doktor, nicht wahr?

– Gnädige Frau, ich kann nichts sagen, bevor ich Ihren Sohn gesehen habe. Ist er da?

– Ja.

– Dann rufen Sie ihn bitte.

Frau Gott zog an einem Zippschwanz, der vom Procaelium hing, dann fragte sie schüchtern:

– Darf ich dableiben, Herr Doktor?

Dr. Geist zögerte einen Augenblick:

– Hm ... Warum eigentlich nicht? Aber nur, wenn Sie nichts sagen.

– In Ordnung, Herr Doktor.

II

Gleich darauf erschien der kleine Jehova.

– He! rief Dr. Geist in gespielt ungezwungenem Ton, da ist

1 Die kursiv gesetzten Ausdrücke sind vierdimensionale Interjektionen, für die es in den Sprachen unserer Welt keine Entsprechung gibt.

ja mein kleiner Freund! Guten Tag, mein Freund! Wie geht es meinem kleinen Freund?
Jehova, der den Kosmos auf dem Pumschlach bemerkt hatte, war mißtrauisch.
– Komm, gib dem Doktor die Pratzlow, sagte Frau Gott ermunternd.
Der Kleine gehorchte widerwillig.
– So ist es brav, mein kleiner Freund, sagte der Arzt. Komm, kringle dich neben mich, bitte.
– Geh mein Schätzchen, kringle dich neben den Onkel Doktor, bat Frau Gott.
– Frau Gott, sagte Dr. Geist ernst, ich muß Sie noch einmal bitten, sich nicht einzumischen. Haben Sie mich verstanden?
– Entschuldigen Sie, Herr Doktor, sagte Frau Gott, während ihr Rüssel ultraviolett anlief.
– Mein kleiner Freund ist ein großer Junge, groß genug, um selbst zu reden. Nicht war, mein Freund?
Schweigen.
– Komm, mein Freund, mache es dir bequem, und dann plaudern wir zusammen.
Wieder Schweigen. Dr. Geist fuhr geduldig fort:
– Ich habe mir gerade deinen Kosmos angesehen. Bravo, er ist sehr hübsch.
Beharrliches Schweigen.
– Aber Schätzchen, antworte doch dem Onkel Doktor, gurrte Frau Gott.
Bedrohliches Schweigen.
– Frau Gott, sagte der Doktor streng, ich warne Sie zum letzten Mal: noch eine solche Einmischung, und ich bin gezwungen, Ihnen die Portlasch zu weisen.
– Verzeihung, Herr Doktor, ich werde kein Wort mehr sagen.
– Hoffentlich. – Ja, mein kleiner Freund, dein Kosmos

gefällt mir sehr gut. Sollen wir zusammen damit spielen?

Jehova ließ ein undeutliches Grunzen hören.

– Wie bitte? fragte der Arzt.

Wieder ein Grunzen, diesmal etwas lauter.

– Verzeihung, ich habe nicht gut verstanden.

– Will nicht, sagte der Kleine bockig.

– Du willst nicht mit deinem Kosmos spielen?

– Nein.

– Warum nicht?

Keine Antwort.

– Gefällt er dir nicht mehr?

Keine Antwort.

– Und warum gefällt er dir nicht mehr?

Keine Antwort.

– Willst du es mir nicht sagen? Gut, dann muß ich es eben erraten.

Dr. Geist schlang eine Tentakel um die Schultern des kleinen Jehova und begann in ruhigem Ton:

– Sehen wir uns das einmal an. – Wenn ich mich irre, unterbrichst du mich, ja? – Am Anfang hast du die Materie gemacht. Eine unförmige, gleichmäßig verteilte Materie, nicht wahr? Dann hast du diese Materie in Kügelchen konzentriert, die umeinander kreisen. Bis hierher ist alles klar. Dann bist du auf die Idee gekommen, Leben zu schaffen. Dazu hast du ein Kügelchen ausgewählt – seltsamerweise ein Kügelchen in einem Winkel des Kosmos, nicht in der Mitte. Warum? Vielleicht, damit dieses Leben gut geschützt sein sollte, gut versteckt, damit es nur für dich da ist, für dich ganz allein ... Irre ich mich?

Jehova antwortete nicht.

– Gut. Wenn du nichts sagts, dann habe ich wohl recht. – Auf diesem Kügelchen also hast du zuerst unbewegtes

Leben geschaffen, dann bewegliche Wesen, zuerst ganz kleine, dann immer größere. Die zu großen haben nicht überlebt. War das so?
Jehova reagierte nicht.
– Gut. – Schließlich hast du diese Wesen gemacht, die wir da sehen. Wie nennst du sie eigentlich? Willst du mir das auch nicht sagen? Macht nichts. – Diese Wesen hast du nach unserem Bild gemacht, uns ähnlich, soweit natürlich ein dreidimensionales Geschöpf uns ähnlich sein kann. Ich muß übrigens sagen, ohne Schmeichelei, daß du die Projektion unserer Gestalt in den dreidimensionalen Raum mit einer Geschicklichkeit vorgenommen hast, mit einem Sinn für Entsprechungen, zu dem nur wenige Kinder in deinem Alter fähig sind...
Dr. Geist machte eine Pause. Der kleine Jehova kringelte sich schweigend neben ihm, ohne eine Bewegung.
– Machen wir weiter. Diese Wesen hast du männlich und weiblich geschaffen, wie wir, aber du hast das Bedürfnis gehabt, den männlichen Wesen eine deutliche Überlegenheit gegenüber den weiblichen zu geben... Kannst du mir das erklären?
Das Gesicht des Kleinen wurde infrarot, aber er schwieg weiterhin.
– Ich will dich nicht drängen. – Dann hast du diesen Wesen Gefühle gegeben, eine gewisse Dosis Verstand und Spuren von Intuition. Schließlich, als Krönung des Ganzen, hast du ihnen die Freiheit gegeben. Sie können ohne dich existieren und tun, was sie wollen. Was sie tun, ist vielleicht nicht besonders nett, aber immerhin, sie sind dir gelungen... Und jetzt gefallen sie dir nicht mehr. Wie komisch! Warum gefallen sie dir nicht mehr?
Kaum hatte Dr. Geist diese Worte gesagt, da stieß der kleine Jehova Ströme von Schleim aus und brüllte aus Leibeskräften:

– Lassen Sie mich in Ruhe! Ich hasse sie! Ich will sie nicht mehr sehen! Lassen Sie mich in Ruhe!
Frau Gott entkringelte sich mit einem Schlag:
– Herr Doktor! Meinen Sie nicht...?
– Frau Gott, was habe ich Ihnen gesagt?
– Aber...
– Was habe ich Ihnen gesagt, Frau Gott?
– Entschuldigen Sie bitte.
– Gut. Kringeln Sie sich wieder und halten Sie den Clackshit.
Frau Gott kringelte sich, kleinlaut. Dr. Geist näherte sich dem kleinen Jehova, der verstohlen rotzelte und sich die Augen rieb.
– Schleime nicht mehr! Ich bin hier, um alles in Ordnung zu bringen. Wenn deine Geschöpfe böse sind, dann werden wir sie eben bestrafen! Hörst du?
Der kleine Jehova rotzte stärker.
– Nur mußt du mir die Sache erst erklären. Sonst weiß ich nicht, was ich tun muß, ich würde vielleicht Dummheiten machen. Verstehst du?
Jehova gab ein schwaches Grunzen von sich.
– Komm, putz dir den Rüßlop, und hab keine Angst. Du hast doch Vertrauen zu mir?
– J... ja.
– Also erzähle.
Der kleine Jehova begann stockend:
– Ja... Ich habe sie gemacht, wie Sie gesagt haben...
– Wie hast du sie gemacht?
– Ich habe Lehm genommen und daraus eine Figur nach meinem Bild gemacht.
– Narzißmus, murmelte der Doktor.
– Was haben Sie gesagt?
– Nichts, nichts. Und, diese Figur?
– Ich habe sie angehaucht, um sie lebendig zu machen.

– Gute Idee. Und dann?
– Dann habe ich aus einem Stück der ersten Figur eine zweite gemacht.
– Das Weibchen, nicht wahr?
– Woher wissen Sie das?
– Das kann man erraten. Die erste war männlich, nachdem du sie nach deinem Bild gemacht hast...
– Das stimmt.
– Weiter. Du hattest also zwei Geschöpfe, ein männliches und ein weibliches.
– Einen Mann und eine Frau.
– Aha! Sie haben also verschiedene Namen, je nach dem Geschlecht?
– Ja.
– Sehr interessant. Weiter...
– Ich habe sie auf diesem Kügelchen untergebracht...
– Und dann?
Der kleine Jehova wurde wieder infrarot.
– Was geschah dann?
Schweigen.
– Was hast du denn?
– Sachte, Herr Doktor! säuselte Frau Gott.
– Noch einmal, gnädige Frau, lassen Sie mich meine Arbeit tun. – Also, antwortest du mir?
– Er hat mich nicht geliebt! stieß Jehova heraus.
Und er schleimte gewaltig.
– Was ist denn das für ein Benehmen? Schämst du dich nicht, so ein großer Junge? Pfui! Wenn du dich sehen könntest, würdest du sofort aufhören, so häßlich siehst du aus! Also komm jetzt. Er hat dich also nicht geliebt?
– Nein!
– Entrotze dich. Welcher hat dich nicht geliebt, der Mann oder die Frau?
– Der Mann.

– Und die Frau, hat sie dich geliebt?
– Auch nicht, aber das ist mir schnürz.
– Aha! Du wolltest also von dem Mann geliebt werden?
– Ja.
– Und dazu hast du ihn gemacht?
– Ja.
– Na, und warum dann die Frau?
– Die Frau habe ich gemacht, damit sie dem Mann dient und Kinder kriegt...
– Und der Mann sollte sie nicht lieben...
– Nein!
– Er sollte nur dich lieben.
– Ja!
– Und warum hast du ihn nicht dazu gezwungen? Nichts leichter als das!
– Das wäre kein Spiel mehr gewesen. Ich wollte, daß er mich aus freien Stücken liebt. Wirklich liebt. Daß er wählt, mich zu lieben!
– Und das hat er nicht getan?
– Schon, ein bißchen, am Anfang... Aber dann...
– Dann?
Schweigen.
– Also, was war dann?
– Satan hat sie verführt, murmelte Jehova dumpf.
– Satan? Du sagtest: Satan?
– Ja, Satan.
– Wer ist denn das schon wieder? Du hast mir noch nichts von ihm erzählt.
– Das ist der Andere.
– Der andere? Welcher andere?
– Der, der sie verführt, der sie mir nimmt...
– Und warum läßt du das zu?
Die Stimme des kleinen Jehova war fast unhörbar geworden:

– Ich darf ihn nicht daran hindern. Sie müssen wählen, zwischen ihm und mir.
– Aha! Aber sag mal: diesen Satan, den hast du doch auch gemacht?
Jehova hüllte sich neuerlich in Schweigen.
– Oder hat er schon vorher existiert?
Der kleine Jehova senkte den Kopf, der wieder infrarot anlief. Frau Gott projizierte, ohne ein Wort zu sagen, ein Bündel Flehstrahlen auf Dr. Geist.
– Gut, lassen wir das, sagte der Arzt. Sie haben also Satan gewählt, deine Menschen?
– Ja.
– Und du hast sie bestraft, nicht?
– Ja.
– Wie?
– Ich habe sie zu Zwangsarbeit verurteilt, zum ewigen Tode und zur Kakogenese.
– Ganz schön hart! Und daraufhin haben sie dich geliebt?
– Sie schon. Aber ihre Kinder nicht.
– Anders gesagt, Satan hat ihre Sprößlinge verführt...
– Ja.
– Was hast du da getan?
– Ich habe sie ertränkt.
– Alle?
– Alle außer einem, den ich mit seiner Frau gerettet habe.
– Hat der dich dann wenigstens geliebt?
– Ja. Ich habe mich ihm offenbart, und er hat mich geliebt.
– Zum Glück! – Aber sag mal, das war doch gegen die Spielregeln!
– Ja. Ich habe ein bißchen gemogelt. Aber er war wie der erste, verstehen Sie...
– Wie die Figur?
– Ja. Ich habe von vorn angefangen.
– Ich verstehe. Und seine Kinder?

Schweigen.
– Geh, sagte Dr. Geist, du wirst doch nicht gleich wieder zu schleimen anfangen? Haben dich seine Kinder nicht geliebt?
– Nein.
– Hat sie Satan auch verführt?
– Ja.
– Du hast wirklich kein Glück gehabt. Hast du sie dann auch ertränkt, wie die anderen?
– Nein.
– Was hast du denn gemacht?
– Ich habe einen von ihnen ausgesucht, um ein auserwähltes Volk zu gründen.
– Was ist denn das, ein auserwähltes Volk?
– Ein Volk, das ich beschütze, das ich führe, unter der Bedingung, daß es nur mich liebt.
– He, das ist gar nicht so dumm! Die wenigstens haben dich sicher geliebt!
– Am Anfang ja.
– Nur am Anfang? Was ist dann passiert?
– Oh, das ist eine lange Geschichte...
– Das macht nichts, wir haben Zeit. Erzähle.
– Schön, ich habe ihnen ein Land gegeben, für sie ganz allein, vorausgesetzt, daß sie alle Bewohner ausrotten.
– Aha! Dieses Land war also schon bewohnt?
– Ja.
– Und warum sollten sie die Bewohner ausrotten?
– Um sich nicht mit ihnen zu vermischen. Es war ja das auserwählte Volk.
– Sehr richtig, das hatte ich vergessen. Und, was haben sie gemacht?
– Zunächst haben sie nicht alle Bewohner ausgerottet.
– Sie haben welche überleben lassen?
– Ja.

– Das war nicht gut!
– Und ihre Kinder ...
– Ihre Kinder haben sich auch verführen lassen?
– Ja.
– Von Satan?
– Ja, von Satan.
– Was hast du da gemacht?
– Ich habe sie ihren Feinden ausgeliefert.
– Und?
– Da haben sie mich wieder geliebt.
– Und dann?
– Da habe ich sie von ihren Feinden befreit.
– Sehr gut. Weiter?
– Da haben sie sich wieder verführen lassen.
– Also hast du sie aufs neue ihren Feinden ausgeliefert.
– Ja.
– Bis sie bereut haben und du ihnen verziehen hast ... und sie rückfällig wurden.
– Ja.
– Wie oft habt ihr dieses Spielchen gespielt?
– Sehr oft.
– Kurz, sobald du ihnen nicht mehr Angst machst, verführt Satan sie sofort ...
– Ja.
– So daß du schließlich genug davon hattest.
– Nein, noch nicht! Ich habe ihnen Propheten geschickt.
– Was ist denn das?
– Das sind Männer, denen ich Träume sende, damit sie den Menschen meine Botschaft übermitteln.
– Aha! Haben deine Propheten das auch gemacht?
– Ja.
– Und da sind sie von den anderen umgebracht worden?
– Woher wissen Sie das?
– Das versteht sich von selbst. Und als du das gesehen

hast, warst du so angewidert, daß du beschlossen hast, die Menschen ihrem Schicksal zu überlassen und dich nicht mehr mit ihnen abzugeben.

– Ja.

– Schleime nicht. Ich habe verstanden. Du kannst beruhigt sein, das ist nicht schlimm, das bringen wir schon in Ordnung. Laß mich jetzt bitte einen Augenblick allein mit deiner Mama, ja? Ich muß ihr etwas sagen. Nachher rufe ich dich wieder.

III

– Und, Herr Doktor? fragte Frau Gott ängstlich.

– Nun, gnädige Frau...

– Ich flehe Sie an, verbergen Sie mir nichts! Sagen Sie mir alles! Ich werde tapfer sein! Er hat eine Neurose, nicht wahr?

– Wie Sie selbst sehen konnten...

– Das ist entsetzlich! Ich hätte nie gedacht, daß mein kleiner Jehova... Ein so braves Kind, so lieb, so gefällig... Herr Doktor! Ich flehe Sie an...

– Worum denn?

– Sie werden ihn doch nicht desintegrieren lassen?!

– Aber nein, gnädige Frau. Wie kommen sie denn darauf? Wir desintegrieren nur in verzweifelten Fällen. – Nein, die Neurose Ihres Sohnes ist, trotz ihrer... sagen wir: eindrucksvollen Aspekte, durchaus gutartig, sogar banal...

– Meinen Sie? fragte Frau Gott mit einem leichten Anflug von Enttäuschung.

– Das ist evident.

– Aber was hat er denn genau?

– Wenn Sie mich reden lassen, werde ich versuchen, es Ihnen zu erklären.

– Bitte, Herr Doktor.

– Aber zuerst muß ich Ihnen ein paar Fragen stellen...
– Fragen Sie.
– Sie leben allein?
– Ja, allein mit meinem Kind.
– Und ... der Vater des Kleinen?
– Er ist gestorben. Ich bin Witwe.
– Aha... Und Sie arbeiten nicht?
– Nein, ich beziehe eine Pension, die Rente meines Mannes. Das erlaubt mir, mich ganz meinem Sohn zu widmen.
– Das habe ich mir gedacht.
– Herr Doktor, ich bitte Sie, sagen Sie mir die Wahrheit!
– Nun, zunächst ist der Kleine sozial inadaptiert.
– Inadaptiert?
– Das heißt, daß er unfähig ist, sich in eine Gruppe einzufügen, gleichzeitig leidet er aber unter seiner Einsamkeit.
– Wieso Einsamkeit? Ich lasse ihn doch nie alleine! Ich bin doch dauernd bei ihm!
– Das macht die Sache auch nicht besser, fürchte ich. Grund für diese Inadaptation...
– Ist was?
– Lassen Sie mich ausreden!
– Entschuldigung, Herr Doktor.
– Ich sagte: Grund für diese Inadaptation ist eine Frustration im Gefühlsleben, ein Liebesbedürfnis, wenn Sie so wollen.
– Verzeihung, aber ... ich begreife nicht.
– Ich werde es Ihnen erklären. Der kleine Jehova möchte geliebt werden, verstanden werden...
– Aber was sagen Sie denn da? Ich liebe ihn doch über alles!
– Das bezweifele ich nicht, aber Ihre Liebe ist nicht gut für ihn.
– Nicht gut für ihn?
– Denn seine Frustration stammt ihrerseits aus einem Schuldgefühl.

– Schuldgefühl?
– Ja, gnädige Frau. In seinem Innersten fühlt sich der Kleine schuldig.
– Schuldig? Mein Kind? Weswegen? Wem gegenüber?
– Wegen Mordes, Ihnen gegenüber.
– Das gibt es doch gar nicht! Das Kind vergöttert mich! Es kann keine Minute ohne mich sein!
– Das bestätigt nur, was ich Ihnen gesagt habe.
– Offen gesagt, Herr Doktor, ich verstehe gar nichts mehr...
– Wenn Sie mir einen Augenblick zuhören wollten, ohne mich zu unterbrechen, könnte ich es Ihnen erklären... Also: Ohne sich das einzugestehen, hatte der kleine Jehova den Wunsch, Sie zu töten. Nun bestraft er sich dafür. Er bestraft sich zunächst durch diese dumpfe Leidenschaft, die er für Sie empfindet, wie Sie mir selbst gesagt haben, und die nichts als eine Reaktion seines bewußten Ich auf die Mordbegierde ist...
– Entschuldigen Sie, Herr Doktor, aber wenn das stimmt, was Sie sagen... was habe ich ihm denn bloß getan?
– Was Sie ihm getan haben? Sie hindern ihn daran, erwachsen zu werden, zum Kuckuck!
– Ich? Aber das stimmt doch nicht! Ich will nur sein Bestes, ich möchte ihm nur helfen, ich würde alles für ihn tun!
– Das glauben Sie sicher. Aber hinter Ihrer Liebe verbirgt sich ein Mordwunsch, wie bei ihm.
– Aha, jetzt bin ich die Schuldige!
– Gewiß.
– Wie können Sie nur sagen? Ich...
– *Bojy grom*, werden Sie mich ausreden lassen? – Was sagte ich gerade?
– Sie sagten, daß der Kleine sich selbst bestrafe...
– Ruhe! Ja, selbst wenn er glaubt, Sie zu lieben, weiß er in

seinem Innersten doch genau, daß sein Platz unter den Männern ist und Sie seine Feindin sind.
– Aber...
– Schweigen Sie! Erinnern Sie sich, was er vorhin von den Männern und Frauen sagte?
– Ich habe es vergessen.
– Schweigen Sie! Die Männer sollen ihn lieben, nicht die Frauen. Die Frauen sind nur dazu da, den Männern zu dienen und Kinder zu kriegen. Mit anderen Worten, symbolisch, in seinem Kosmos, lehnt Jehova Ihre Liebe ab. Er will nur von Wesen seines eigenen Geschlechts geliebt werden.
– Wie entsetzlich!
– Nachdem er sich schuldig fühlt, sucht er, sich zu bestrafen, sogar durch die Menschen. Er macht sich zu ihrem Henker, um ihr Opfer werden zu können. Er bemüht sich fieberhaft um ihre Liebe, gleichzeitig verhält er sich aber so, daß sie ihn nur hassen können. Er gibt ihnen nicht nur die Freiheit, damit sie ihn verraten, er tut noch viel mehr! Er bringt seinen eigenen Rivalen auf den Plan, diesen Satan...
– Was bedeutet dieser Satan eigentlich?
– Dieser Satan ist nichts anderes als das Unterbewußtsein von Jehova. Es ist sein anderes Ich, seine Emanation, sein dunkler Doppelgänger. Kurz, er ist die Projektion seines Schuldbewußtseins, seines Verlangens nach Strafe...
– Also deshalb hat er ihn nicht geschaffen?
– Er hat ihn nicht geschaffen, in der Tat. Satan ist der Feind, den Ihr Sohn in sich trägt.
– Sie werden Ihn doch heilen, nicht wahr?
– Ich werde ihn heilen, aber ich warne Sie: Sie müssen darauf gefaßt sein, daß sich Ihr Sohn von Ihnen löst, wenn er geheilt ist. Und sie dürfen ihm dann keinen Vorwurf machen!

– Ich werde mich fügen, Herr Doktor. Ich habe nur ihn auf der Welt, aber ich werde mich damit abfinden ... Lieber das, als ihn in diesem Zustand zu sehen! – Sagen Sie, wird die Behandlung lange dauern?
– Hm ... Wenn ich wollte, könnte sie Monate dauern. So ein Fall kann ganz lustig sein ... Aber ich habe gehört, daß Sie nicht besonders wohlhabend sind ...
– Leider nicht, Herr Doktor.
– Dann werde ich den Fall heute noch abschließen. Meine Zeit ist kostbar.
– Heute noch? Wirklich?
– Wenn ich dieses Haus verlasse, wird der kleine Jehova von seiner Neurose geheilt sein.
– Oh, ich danke Ihnen, Herr Doktor! Aber wie wollen Sie das anstellen?
– Ganz einfach: dieser Kosmos hier, der bereits die Gefühlskonflikte Ihres Sohnes zutage brachte, wird auch zu ihrer Lösung dienen, durch bewußte Projektion. Man nennt das eine Kosmotherapie.
– Wunderbar! Darf ich ... dabei sein?
– Ich habe nichts dagegen, aber unter einer Bedingung. Sie wissen, welche?
– Ach ... ich glaube schon ...
– Daß ich nichts von Ihnen höre!
– Gut, Herr Doktor.
– Sie sollen nicht »Gut, Herr Doktor« sagen, sie sollen den Clackshit halten und sich nicht bewegen!
– Ich verspreche es.
– Was immer ich sage, was immer ich tue, was immer passiert. Verstanden?
– Sie machen mir Angst, Herr Doktor. Was haben Sie vor?
– Nichts Schlimmes, Sie können beruhigt sein. Der Kleine muß sich nur bewußt bestrafen, ein für allemal.
– Sich bestrafen?

– Symbolisch natürlich. Ich glaube, ich habe die Lösung gefunden. Rufen Sie ihn.
– Sofort. – Ich habe ganz vergessen…
– Was?
– Entschuldigen Sie, aber was wird das kosten?
– Fünfzigtausend Patafs.
– Oh!
– Das ist ein Minimum, in Anbetracht Ihrer Einkünfte. Wenn ich weniger nähme, wäre die Therapie wirkungslos.
– Das verstehe ich nicht, Herr Doktor. Ich bezahle, aber ich bin doch nicht krank…
– Sie auch.
– Ach so! sagte Frau Gott.

IV

– Da kommt ja mein kleiner Freund! rief Dr. Geist. Komm her zu mir! Ich habe dir etwas Wichtiges zu sagen.
Jehova näherte sich vorsichtig dem Doktor, der eine Tentakel um ihn legte.
– Weißt du, ich habe mit deiner Mama gesprochen, und ich glaube, ich habe ein Mittel gefunden für diese bösen … wie nennst du sie gleich?
– Die Menschen.
– Genau. Wir werden folgendes machen: Bis jetzt hast du sie bestraft, bestraft und nochmals bestraft, aber sie haben sich immer wieder verführen lassen, nicht?
– Ja.
– Diesmal bestrafst du nicht *sie,* sondern dich selbst, an ihrer Stelle, als ob du der Schuldige wärst. Und wenn sie das sehen, werden sie sich so sehr schämen, daß sie dich lieben müssen! Ist das nicht eine gute Idee?
– Jehova runzelte und antwortete schlaff:

– Doch... Aber wie sollen wir das machen?
– Ich erkläre es dir. Zuerst suchen wir uns einen von diesen Menschen aus, und dieser Mensch bist du. Verstehst du?
– Ja.
– Wir tun natürlich alles, damit die anderen Menschen das erfahren. Und dann, errätst du, was dann passiert?
– Nein.
– Aber ja! Wenn die anderen wissen, daß dieser Mensch da du bist, was tun sie dann? Sie werden ihn umbringen, wie sie deine Dingsda umgebracht haben, denen du die Träume geschickt hast.
– Meine Propheten?
– Genau. Und wenn sie ihn umgebracht haben, werden sie sich so schuldig fühlen, sich so schämen, daß sie dir nichts mehr abschlagen können!
Bei diesen Worten leuchtete das Gesicht Jehovas zartgelb auf.
– Glauben Sie das wirklich?
– Das ist doch sonnenklar! Das wird die schrecklichste Strafe sein, die du ihnen je...
– Au ja! Au ja! Genau das sollen sie haben!
Dr. Geist sandte Frau Gott ein augenzwinkerndes Lichtbündel.
– Du bis also einverstanden?
– Ja! Ja!
– Wann sollen wir anfangen? Morgen? Übermorgen?
– Nein! Nein! Jetzt gleich!
– Gut, sagte Dr. Geist. Kringle dich neben mich.
Der kleine Jehova gehorchte. Die beiden Rüßlops des Arztes und des Kindes beugten sich nebeneinander über den Pumschlack.
– Kannst du gut sehen? fragte Dr. Geist.
– Ja.

– Dann spiele jetzt. Welchen wählst du aus?
– Um ich zu sein?
– Um du zu sein.
Jehova betrachtete einen Augenblick lang aufmerksam das bewohnte Kügelchen. Dann schüttelte er den Kopf:
– Keinen. Keiner ist gut genug für mich.
– Was willst du dann machen? Sollen wir einen nehmen, der noch nicht geboren ist?
– Ja, das ist gut.
– Wie du willst. Aber dann mußt du seine Eltern aussuchen.
– Ich will nicht, daß er Eltern hat!
– Sei doch vernünftig. Es soll doch ein Mensch sein, nicht?
– Ja...
– Und ein Mensch kann nur durch einen Mann und eine Frau entstehen.
– Ich könnte doch eine Figur machen, wie am Anfang?
– Das gilt nicht, sagte Dr. Geist entschieden. Er muß aus ihrem Geschlecht sein, aus dem, das dich nicht lieben wollte. Wenn er zu deinem auserwählten Volk gehörte, wäre das noch besser!
Jehova überlegte einen Moment.
– Dann soll er von mir aus einen Papa haben, aber keine Mama!
Frau Gott zeigte Anzeichen von Empörung, die Dr. Geist sofort durch intensive Strahlen erstickte. Dann sagte er geduldig:
– Du weißt doch, daß das nicht geht. Er muß von einer Frau getragen werden.
Jehova überlegte neuerlich:
– Gut, dann will aber ich der Papa sein!
– Einverstanden, sagte der Doktor.
– Und außerdem ... ich will nicht, daß er seine Mama liebt!

– Gut, er wird sie nicht lieben. – Und jetzt, wer soll seine Mama sein?
– Der da, sagte das Kind nach kurzem Zögern.
– Aber du siehst doch, daß das ein Mann ist! sagte der Doktor leicht gereizt. Ich habe dir doch erklärt, daß es eine Frau sein muß ...
– Dann nehme ich die da.
– Siehst du nicht, daß das die Braut von dem Mann von vorher ist?
– Eben! Deshalb will ich sie ja.
– Und was wird er dazu sagen?
– Er wird sich nicht trauen, etwas zu sagen. Ich schicke ihm einen Traum.
– Wie du meinst. Jetzt kannst du auf die Welt kommen.
– Ich komme schon. Sie wird dicker und dicker ...
– Sehr gut. Wie willst du es anstellen, daß die Menschen erfahren, daß das Kind du bist?
– Ich schicke ihnen Träume.
– Schau, alle, die dich lieben, machen sich schon auf den Weg, um dich anzubeten. Könige, Weise, Hirten ... Beeile dich jetzt, geboren zu werden, trödle nicht.
– Sie kommen gerade recht, ich bin da!
Der kleine Jehova schwieg eine Weile und bewunderte die herzige Krippenszene.
– Hm, hm! hüstelte Dr. Geist. Schau mal, was ich jetzt mache. Siehst du den König dieses Landes?
– Ja, antwortete das Kind, als ob es aus einem Traum erwachte.
– Er hat von dir gehört. Augenblicklich befiehlt er, dich zu suchen und zu töten.
– Aber er findet mich nicht! rief der Kleine triumphierend.
– Dann befiehlt er eben, alle Neugeborenen umzubringen.
– Au ja! rief Jehova begeistert. Er soll sie alle umbringen lassen, außer meinem.

– Und warum nicht deinen?
– Weil er noch zu klein ist. Er würde nicht genug leiden.
Dr. Geist rückte seine Glotzuli zurecht.
– Aha! Du willst also, daß er leidet!
– Ja! Sehr! Er soll leiden für alles Böse in der Welt!
– Das ist ja nicht wenig!
– So werden die Menschen einsehen, wie böse, grausam und ungerecht sie sind!
– Ich verstehe, ich verstehe... Aber in diesem Fall mußt du ihn wachsen lassen, deinen Neugeborenen.
– Er wächst, bis er ein Mann ist.
– Aber dann werden die Leute, die ihn von Kindheit an kennen, ihn für einen gewöhnlichen Menschen halten.
– Ja, darum verläßt er seine Heimat, verläßt seine Mutter und geht auf Wanderschaft.
– Schön, aber warum sollten ihn Leute töten, die ihn nicht kennen?
– Weil er zu ihnen spricht. Er sagt ihnen, daß er ich sei und daß sie nur mich lieben dürfen. Sie sollen Vater und Mutter verlassen, ihre Kinder und ihre Frauen, aus Liebe zu mir!
– He, langsam! Du gehst ganz schön ran! Du verlangst zuviel!
– Nein, nein! Ich verlange nicht zuviel. So soll es sein, und nicht anders!
– Aber wenn sie sich nicht ein bißchen untereinander lieben, wenn sie weder ihre Frauen noch ihre Kinder lieben, dann gibt es bald keine mehr! Und wenn es keine mehr gibt, wer soll dich dann lieben?
Der kleine Jehova hielt inne, nachdenklich.
– Sie haben recht, daran hatte ich nicht gedacht... Dann sollen sie sich eben ein kleines bißchen lieben, aber nicht mehr! Vor allem sollen sie sich nicht ihrer selbst wegen lieben, sondern nur aus Liebe zu mir!
– In Ordnung. Ist es das, was er ihnen gerade sagt?

– Ja, das predigt er ihnen.
– Ich sehe Freunde, die ihm zuhören...
– ... und Feinde, die eine Verschwörung anzetteln, um ihn umzubringen!
– Wie soll er eigentlich umkommen?
– Langsam, sehr langsam! Damit er viel zu leiden hat!
– Gut, ich lasse dir freie Hand.
– Zunächst wird ihn einer seiner Freunde verraten.
– Verraten? Wieso denn? Jedermann kennt ihn doch in der Gegend.
– Aber ich will, daß ihn einer seiner Freunde verrät! schrie Jehova trotzig. Außerdem ist dieser Freund Satan!
– Ah, entschuldige, Satan hatte ich vergessen...
– Der Verräter wird bald kommen. Mein Sohn wartet, nachts auf dem Berg, ganz allein... Er hat Angst!
– Warum hat er denn Angst?
– Weil er weiß, was ihn erwartet.
– Und woher weiß er das?
– Ich lasse es ihn wissen.
– Bist du nicht ein bißchen hart mit ihm?
– Nein, ich kann nicht hart genug sein! Er muß für alles bestraft werden, für alle!
– Wer sind die da, die auf den Berg kommen?
– Das sind die, die ihn festnehmen.
– Und ihr Führer, ist das der Verräter?
– Ja.
– Warum küßt er ihn?
– Damit es wirklich ein Verrat ist.
– Aha, sie haben ihn. Sie nehmen ihn fest, sie führen ihn fort...
– Sehen Sie, wie er Angst hat?
– Ja. Wird er jetzt verurteilt?
– Nein, noch nicht. Er wird verhört. Man schickt ihn von einem Richter zum anderen. Keiner will die Verantwor-

tung für seine Verurteilung tragen... Und er, er hat die ganze Zeit Angst!
– Das ist ja furchtbar!
– Ja, das ist furchtbar, sagte Jehova mit fieberhaftem Vergnügen. Und jetzt verlangen die Seinen seine Hinrichtung. Die aus dem erwählten Volk!
– Du willst also, daß sie noch schuldiger werden als die anderen? fragte Dr. Geist und beobachtete neugierig das Profil des kleinen Patienten.
– Ja, das will ich! rief das Kind erregt.
– Gut, jetzt wird er zum Tode verurteilt. Zu was für einem Tod?
– Sie werden schon sehen, das ist die Überraschung. Im Augenblick...
– Nun, man wird ihn hinrichten, nehme ich an.
– Nein! Noch nicht. Man nimmt ihm zuerst seine Kleider und peitscht ihn aus.
– Peitscht man ihn zu Tode?
– Nein, sie hören gerade noch rechtzeitig auf. Sie verspotten ihn. Sie setzen ihm eine Dornenkrone auf. Sie spucken ihm ins Gesicht. Sie ohrfeigen ihn: »Du bist also der kleine Jehova! Sieh mal an!«
Bei diesen Worten lachte das Kind fröhlich. Dr. Geist warf einen beunruhigten Blick auf Frau Gott, diese aber blieb bewegungslos gekringelt, entsetzt und stumm, ultraviolett wie der Tod.
– Gut, sagte der Arzt. Und wie lange soll das dauern?
– Die ganze Nacht.
– Der Tag bricht an.
– Schon? Dann führen sie ihn zur Stadt hinaus...
– Seine Freunde folgen ihm.
– Und seine Feinde!
– Was ist das für ein komisches Ding, das du ihn auf dem Rücken tragen läßt?

– Scht! Das ist die Überraschung! – Sehen Sie nur, er stürzt!
– Der Arme!
– Das genügt noch nicht! Noch einmal! Und ein drittes Mal! rief der kleine Jehova und klatschte mit den Pratzlows.
– Ich glaube, sie sind angekommen.
– Ja, sie sind da. Sie nageln ihn an, sie stellen ihn auf...
– Und jetzt stirbt er wohl?
– Nein, nicht so schnell! Ganz, ganz langsam...
– Wenn es vorbei ist, sagst du es mir, sagte Dr. Geist, leicht angewidert.
Der kleine Jehova antwortete nicht. Über den Kosmos gebeugt, verfolgte er die Vorgänge mit wachsender Erregung.
Eine lange Minute verstrich. Dr. Geist und Frau Gott wechselten einen Blick. Die arme Mutter war so bestürzt, daß ihr der Arzt einen Indigostrahl sandte, um ihr zu bedeuten, daß alles in Ordnung sei.
– Es ist soweit! brüllte plötzlich der kleine Jehova, während er mit den Katopentakeln heftig gegen den Pumschlack trat.

Dr. Geist sprang auf:
– He! Nicht so wild! rief er. Du erschütterst den ganzen Kosmos!
– Das will ich auch! krähte Jehova mit sich überschlagender Stimme. Sie haben mich umgebracht!
– Sie haben dich umgebracht? Sehr gut, dann beruhige dich jetzt. Was werden sie weiter tun?

Die Stimme des Kleinen wurde plötzlich ganz leise, fast schläfrig:
– Ist mir schnürz.
– Wie bitte? fragte der Doktor.

– Ist mir schnürz. Ich existiere nicht mehr, sagte das Kind und schloß die Augen.
Nach langem Schweigen fragte Dr. Geist:
– Nun, mein kleiner Freund?
Keine Antwort.
– Hörst du mich?
– Mama, murmelte der kleine Jehova – und schlief ein.
– Herr Doktor, was bedeutet das? fragte Frau Gott halblaut.
– Keine Sorge, das ist die normale Reaktion nach einer solchen Therapie.
– Heißt das, daß mein Sohn geheilt ist?
– Er ist geheilt.
– Herr Doktor, Sie sind wunderbar! Ich weiß wirklich nicht, wie ich...
– Fünfzigtausend Patafs, unterbrach sie Dr. Geist.
– Ja natürlich, das hätte ich fast vergessen... Können Sie einen Augenblick warten?
– Ja natürlich.
– Ich bringe den Kleinen zu seiner Roboterin und komme gleich zurück mit dem Honorar.
– Bitte sehr, sagte Dr. Geist.

V

– Hier, sagte Frau Gott eine Viertelstunde später.
– Danke, gnädige Frau.
– Zählen Sie nach.
– Ich vertraue Ihnen. Und jetzt, wenn Sie gestatten...
– Natürlich, Herr Doktor, Ihre Zeit ist kostbar. Ich bringe Sie zur Portlasch.
Aber als der Arzt hinausgehen wollte, rief ihn Frau Gott zurück:
– Herr Doktor! Verzeihung, aber ich habe vergessen, Sie

zu fragen... Was soll ich mit dem Kosmos des Kleinen machen?
Dr. Geist machte eine wegwerfende Bewegung mit seinem Dextrotentakel.
– Mit dem Universum? Das ist zu nichts mehr zu gebrauchen. Schmeißen Sie es auf den Mülül!
Und damit verschwand er.

Wüßte ich, was die Bewohner der vierdimensionalen Welt unter *Mülül* verstehen, könnte ich diese Erzählung mit einer schönen Passage wissenschaftlicher Apokalypse abschließen. Leider habe ich nicht die leiseste Ahnung.

(1964)

Aschenputtel
oder der Ball des Teufels

Es war einmal ein höherer Beamter, der in zweiter Ehe eine Frau heiratete, nicht besser und nicht schlechter als andere, und diese Frau hatte bereits zwei Töchter, nicht besser und nicht schlechter als sie selbst. Er aber hatte seinerseits eine Tochter aus erster Ehe, die ihrer verstorbenen Mutter sehr ähnlich war. Diese war zu Lebzeiten ungeheuer besitzergreifend und schrecklich eifersüchtig gewesen.

Das hübsche Mädchen, dem die Anwesenheit der neuen Mutter und der beiden Stiefschwestern gegen den Strich ging, trug eine exzessive Bescheidenheit zur Schau, um sie verlegen zu machen, sie zog sich absichtlich schlecht an, übernahm freiwillig alle Schmutzarbeiten, ernährte sich von Resten und schlief nur, was unbedingt notwendig war. Kurz, sie tat alles, um der Welt zu beweisen, daß sie im eigenen Haus nichts als eine Magd war.

Während der wenigen Ruhepausen, die sie sich zu gönnen geruhte, setzte sie sich neben das Feuer in die Asche, die sie dann durchs ganze Haus verschleppte. Vergeblich sagte man ihr, wie lächerlich das sei, daß es genügend Stühle für sie und für alle gebe, daß nichts sie zwinge, sich übermäßig schmutzig zu machen oder abzurackern: der Trotzkopf kehrte hartnäckig an seinen Lieblingsplatz zurück, schleppte Wassereimer und schrubbte den Fußboden, wobei er seine Kleider derartig besudelte, daß man es bald aufgabe, ihn anständig anzuziehen. Man ließ ihn gewähren und nannte ihn von nun an allgemein Aschenputtel.

Trotz seiner Lumpen war Aschenputtel jedoch nicht häß-

licher als andere, es war sogar viel schöner als die Schwestern.
Nun geschah es, daß der Teufel einen Ball gab, zu dem er alle Damen und Mädchen des Landes einlud. Auch die Stiefmutter und die Töchter waren geladen.
»Willst du mitkommen?« fragten sie Aschenputtel.
»Ach«, antwortete sie, »ich würde gerne kommen, aber ich kann nicht. Ihr seht ja, wie ich angezogen bin...«
»Selber schuld«, sagte die Stiefmutter. »Aber wenn du willst, leihe ich dir ein Kleid meiner Jüngsten, die ungefähr deine Größe hat. Es ist aus rotem Samt mit englischen Spitzen...«
»Sie sind zu gütig, an mich zu denken«, sagte Aschenputtel mit Leidensmiene. »Aber wenn ich es recht bedenke, ist dort nicht mein Platz. Gehen Sie nur, amüsieren Sie sich, ich bleibe lieber zu Hause.«
»Wie du willst«, sagte die Stiefmutter. »Aber wenn du es dir anders überlegst, komm ruhig zu mir, wir haben noch Zeit genug.«

Als der Ballabend gekommen war, machten sich die drei Damen fertig, unterstützt von Aschenputtel, dem es ein trauriges Vergnügen war, sie, so gut es konnte, zu schmükken. Vor der Abfahrt fragten sie noch einmal:
»Hast du es dir auch gut überlegt? Willst du wirklich nicht mitkommen?«
»Nein, nein. Außerdem wäre es auch schon zu spät...«
»Es ist überhaupt nicht zu spät! In knapp einer halben Stunde können wir dich sehr ordentlich herausputzen!«
»Nein, nein, verliert keine Zeit. Ich bleibe lieber hier. Danke.«
»Schön, dann guten Abend.«
Der Wagen, den der Vater lenkte, fuhr in einer Staub- und Abgaswolke los. Als es allein war, setzte sich Aschenputtel

ans Feuer und weinte bitterlich, denn im Innersten brannte es darauf, auf den Ball des Teufels zu gehen.

»So eine Gemeinheit«, schluchzte es. »Wie die mich beim Wort genommen haben! Es war ihnen nur allzu recht, ohne mich tanzen zu gehen! Und ihre grausame Heuchelei, mich noch in letzter Minute aufzufordern, um mir wehzutun... Ach, ich bin so unglücklich!«

Als es so jammerte, erschien seine Patin, die eine Hexe war, in der Glut.

»Was machst du hier, mein Kind? Gehst du nicht zum Ball, wie alle anderen?«

»Ich gehe nicht, weil meine Stiefmutter und meine Stiefschwestern dort sind«, sagte Aschenputtel stolz.

Die Hexe, die sich auf Psychologie verstand, lachte leise.

»Aha«, sagte sie, »ich verstehe... Wenn du willst, gehen wir trotzdem zusammen hin. Du wirst so schön sein, so schön, daß die drei Puten vor Neid platzen. Außerdem kannst du dich an ihnen rächen!«

»Ich mich an ihnen rächen?«

»Das verspreche ich dir.«

»Aber ich habe nichts anzuziehen ... und ich habe keinen Wagen ... und ich kann nicht fahren!«

»Darum kümmere ich mich schon! Habt ihr eine Aubergine irgendwo?«

»Ich glaube, es ist eine im Kühlschrank.«

»Dann hol sie mir bitte.«

Die Hexe nahm die Aubergine, höhlte sie aus und verwandelte sie mit ihrem Zauberstab in eine dunkelviolette Luxuslimousine.

»Habt ihr keinen Hund?« fragte sie dann.

»Doch.«

»Ruf ihn her. Wir machen eine Chauffeur aus ihm.«

Der Hund kam, es war ein schöner schwarzer Pudel, und auch ihn verwandelte der Zauberstab in einen Herr-

schaftschauffeur, schwarzhäutig, wie es sich gehört, mit einer Uniform und einer Schirmmütze auf dem Kraushaar.
»Das reicht noch nicht«, sagte Aschenputtel. »Was soll ich anziehen?«
Die Hexe lächelte, berührte seine Lumpen mit dem Zauberstab, und schon sah sich Aschenputtel im Spiegel in einem aschgrauen Ballkleid, dem herrlichsten, das man je in der ganzen Märchenrepublik gesehen hat.
Darauf holte die Patin unter ihren Röcken ein Paar gläserne Schuhe hervor und sagte:
»Schlüpf hinein, aber Vorsicht! Diese Schuhe sind sehr zerbrechlich. Lauf nicht zu schnell, springe nicht, vor allem keine Stöße! Wenn sie zerbrechen, verletzt du dich!«
»Aber warum sind sie denn aus Glas? Sie sind starr, sie sind hart und überhaupt nicht praktisch!«
»Auf dem Ball wirst du es verstehen«, sagte die Patin.
Sie stiegen in den Wagen. Der Chauffeur, der noch ein bißchen neu war, irrte sich häufig, fuhr Einbahnstraßen in der falschen Richtung und blieb im Stau stecken... Die Hexe lächelte jedoch, während ihre Patentochter vor Ungeduld zappelte.
»Was bist du nervös! Wir haben es nicht eilig, wir haben Zeit.«
»Aber es ist schon spät! Du hast fast eine Stunde gebraucht, um die Aubergine auszuhöhlen!«
»Kann sein... Und?«
»Ich habe gehört, daß man den Ball des Teufels vor Mitternacht verlassen muß!«
»Vor Mitternacht? Unglaublich! Und warum?« Die Patin stellte sich dumm.
»Weil Schlag Mitternacht der Teufel wieder zum Teufel wird und mit allen, die noch nicht weg sind, in die Hölle fährt!«

»Tatsächlich? Dann müssen wir eben auf die Uhr schauen. ... Jedenfalls brauchen wir uns nicht zu beunruhigen: sieh selbst!«

Die Uhr der Hexe zeigte halb zehn, aber in Wirklichkeit war es zehn nach zehn.

Endlich hielt der Wagen vor dem Palast des Teufels. Dank einer magischen Einladungskarte wurden die beiden eingelassen.

Erst im Ballsaal begriff Aschenputtel, wie nützlich die gläsernen Schuhe waren. Denn statt eines gewichsten Parketts hatte er einen Teppichboden, auf dem sehr schlecht zu tanzen war: die Füße wurden gebremst und blieben hängen, fast alle Tänzer kamen aus dem Rhythmus, hüpften und stießen zusammen, verloren beinahe das Gleichgewicht und fluchten halblaut in den Ausschnitt ihrer Partnerin. Diese verstauchten sich die Gelenke oder zogen die Schuhe aus, um in Seidenstürmpfen zu tanzen, aber dann geschah es oft genug, daß ihnen die Herren auf die Zehen traten.

Dank der gläsernen Schuhe machte sich Aschenputtel wunderbar. Sie glitt, sie schwebte über den flauschigen Teppich und erlaubte sich die kühnsten Schritte. Nach einer Viertelstunde, wie sie glaubte (in Wirklichkeit war es fast elf Uhr), war sie zur Königin des Abends geworden, die Kavaliere hatten nur noch Augen für sie.

Schließlich kam der Teufel in Gestalt eines geschmackvoll gekleideten Vierzigers mit grauen Schläfen.

»Gnädiges Fräulein«, sagte er mit tiefer, einschmeichelnder Stimme, »Sie sind weitaus die hübscheste und beste Tänzerin der ganzen Republik. Darf ich Sie um diesen Paso doble bitten?«

»Gerne«, antwortete sie, »aber wie spät ist es?«

»Sehen Sie selbst!«

An der Wand hing eine große, alte Uhr, die halb elf Uhr

anzeigte, obwohl es schon elf Uhr fünfundzwanzig war. Sie tanzten, und alle hielten inne, um ihnen zuzusehen. Aschenputtel, das den Paso doble nie gelernt hatte, war erstaunt, ihn ganz von selbst zu tanzen. Vielleicht hatte der Teufel etwas damit zu tun, vielleicht waren die Schuhe ein bißchen verhext, jedenfalls erriet es instinktiv alle Bewegungen, die es zu machen hatte.

Als der Tanz zu Ende war, stand die Uhr auf zwanzig vor elf, aber es war schon drei Viertel zwölf.

»Noch einen Tanz?« fragte der Teufel.

Diesmal war es ein Tango, der bis drei Viertel elf Uhr dauerte, in Wirklichkeit aber bis drei Minuten vor zwölf.

»Noch einen, bitte!« bat der Fürst der Finsternis.

»Leider, ich kann nicht mehr«, sagte Aschenputtel, »ich bin müde, und es ist schon spät, glaube ich. Es ist fast niemand mehr da... Sind Sie denn sicher, daß Ihre Uhr richtig geht?«

Die Säle waren tatsächlich leer. Die Stiefmutter und ihre Töchter, die Aschenputtel in der Menge bemerkt hatte, waren seit langem verschwunden.

»Meine Uhr geht richtig«, sagte der Teufel mit freundlichem Lächeln. »Aber wenn Sie müde sind, will ich Sie nicht zwingen, weiterzutanzen. Dagegen möchte ich Ihnen ein Geschenk machen, um diesen Abend würdig zu beenden: gibt es irgendwo irgendjemanden, dessen Tod Sie wünschen?«

»Oh ja!«

»Wieviele Personen?«

»Drei.«

»Sagen Sie mir ihre Namen, ich verspreche, daß sie sterben werden!«

»Zuerst die zweite Frau meines Vaters...«

»In Ordnung.«

»... und dann meine beiden Stiefschwestern!«

»Wie heißen sie?«
»Javotte und Adeline.«
BONG! Im selben Augenblick, in dem Aschenputtel das sagte, schlug es Mitternacht. Während der Glockenschläge verwandelte sich der der Teppichboden in glühende Asche, die Tapeten fingen an zu brennen, die Gemälde wurden lebendig, zogen Grimassen, schielten, streckten die Zunge heraus, johlten, plapperten und schrien, während sich der Teufel in das zurückverwandelte, was er wirklich war, ein dicker, schwammiger Engel mit Hörnern und einem höllischen Grinsen auf dem unförmigen Gesicht.
Aschenputtel begriff nun, etwas spät allerdings, das es reingelegt worden war. Es rannte und rannte, fand den Ausgang, verlor im Vorzimmer einen gläsernen Schuh, zerbrach den anderen auf den Marmorstufen, die Scherben zerschnitten ihren Fuß bis aufs Blut. Dennoch erreichte es seinen schönen Wagen und stürzten hinein. Als es aber die Tür zuwarf, hörte man den letzten Schlag von Mitternacht. Der Chauffeur, der ausgestiegen war, um sich die Beine zu vertreten, verwandelte sich in einen Pudel zurück und trottete nach Hause. Das Mädchen aber, auf Daumengröße geschrumpft, steckte gefangen in einer ausgehöhlten Aubergine, die im Rinnstein lag, nicht weit von dem brennenden Palast.
»Dummes Ding!« rief die Patin. »Statt beim Teufel zu bleiben, der dich mit in seine schöne Hölle genommen hätte, bist du jetzt ein Gemüse geworden! Geschieht dir recht! Sollen dich doch die drei kleinen Schweinchen fressen!«
Und die drei Schweinchen, die zufällig in der Gegend waren, stürzten sich auf die Aubergine und fraßen sie mit Haut und Haar, und Aschenputtel mit.

Lachen und Furcht

I
DAS LACHEN ODER DIE ÜBERWUNDENE FURCHT

Wenn immer ein Philosoph oder auch nur einfacher Essayist ein Thema in Angriff nimmt, beginnt er rituell damit, all seine Kollegen herunterzumachen und zu zerfetzen, die die Vermessenheit besaßen, es vor ihm zu behandeln. Ich habe zuviel Achtung vor den guten Manieren, um mir zu erlauben, gegen diese Regel zu verstoßen.

Als ich mit siebzehn Jahren *Das Lachen* von Henri Bergson las, schien mir, daß dieses zugleich pedantische und oberflächliche Buch nur einen Teilaspekt des Problems herausarbeitete und eine zwar vorhandene, aber völlig nebensächliche Dimension des Phänomens etwas übereilt verallgemeinerte. So Gott will, dachte ich, werde ich eines Tages viel besser darüber schreiben!

Für Bergson läßt sich das Wesen des Komischen in folgender Formel zusammenfassen: *etwas Lebendiges, das zum Mechanismus wird.* Er geht dabei offensichtlich von einer richtigen Beobachtung aus. Molière zum Beispiel »verdinglicht« die Menschen, er verdeutlicht Verhaltensweisen, die an mangelnder Lebendigkeit, an mangelnder Anpassungsfähigkeit kranken. Seine Gestalten sind Opfer von Reflexen, die fehlschlagen, denn sie reagieren *mechanisch* auf neue, unvorhergesehene Situationen, die mehr Besonnenheit erfordert hätten. Auch wenn es gegen ihre handgreiflichsten Interessen ist, hört der *Geizige* nicht auf zu knausern, nicht einmal bei seinem eigenen Verlobungsmahl, und sagt der *Menschenfeind* stur, was er denkt, selbst wenn seine Liebe, sein Glück, seine Ehre, seine gesellschaftliche Stellung auf dem Spiel stehen.

Hier liegt jedoch nicht das Wesentliche. Scharfsinniger ist die Untersuchung von Desmond Morris in *Der nackte Affe*. Für ihn ist das Lachen ein unterdrücktes Schluchzen, ein verhinderter Tränenausbruch. Es ist eine Anwandlung von Angst, von Panik, von Schmerz, die aber sofort durch die Gewißheit, daß keine wirkliche Gefahr besteht, unterbunden wird.

Wenn wir merken, daß ein Kind Angst vor unseren Grimassen bekommt, sagen wir ihm, das sei nur »zum Spaß«. Und das Kind fängt zu lachen an, zuerst zwar ein bißchen unsicher, dann aber immer herzlicher, es wird allmählich abgehärtet. Wie die Pädagogen wissen, gibt es sogar ein Alter, in dem die lieben Kleinen sich an grausamen, ja makabren Dingen ergötzen.

Ebenso ist für Freud der Witz gerade deshalb lustig, weil er es als schuldhaft angesehenen Tendenzen ermöglicht, sich heimlich Ausdruck zu verschaffen, unter Umgehung der Abwehr und der Verbote des Überichs. Zum Spaß, auch hier.

Kurz, das Lachen, oder Lächeln, ist überwundene Furcht. Es sind genau dieselben Vorfälle, Gebärden oder Umstände, die Heiterkeit oder Angst, Belustigung oder Entrüstung auslösen, je nachdem, ob die angedeutete Gefahr als fern und unbestimmt oder als real und unmittelbar bevorstehend verstanden wird. Es ist kein Zufall, daß es dieselben Autoren sind, die die besten komischen und die besten Horrorgeschichten schreiben.

Hinter allem, was komisch erscheint, lauert eine Gefahr für den Menschen oder die Gesellschaft, die Übertretung eines Verbots, der Verstoß gegen ein Tabu, das Erahnen einer Bedrohung, die Entdeckung einer entsetzlichen Fatalität. Je nach dem Bildungsgrad der einzelnen oder nach der

Kultur der Völker, kann dieselbe Geschichte als guter oder schlechter Witz angesehen werden, als schockierende Rüpelhaftigkeit, als Rechtsverletzung, Verbrechen oder Sakrileg. Das ist nur eine Frage der geistigen Aufgeschlossenheit oder, im Gegenteil, der Bigotterie, des Aberglaubens, der Angst vor der Wahrheit, der Angst vor der Sprache.

Ist das Leben, wie Rabelais schreibt, eine Eigentümlichkeit des Menschen, so deshalb, weil das Tier nicht um die Tragik seines Schicksals weiß. Der Tod insbesondere ist für das Tier nichts als ein Mißgeschick, das anderen zustößt, das es erforderlichenfalls anderen zufügt, von dem es selbst aber nicht betroffen ist. Verteidigt es sich auch instinktiv gegen Gefahren für sein eigenes Leben oder das seiner Gattung, so weiß es doch nicht um die Unvermeidlichkeit des tödlichen Ausgangs eines jeden Lebens. Im Gegensatz zu uns ist es auch nicht in einen Prozeß historischer Entwicklung eingebunden, dessen eindeutiges Ergebnis es ist, die Erfahrungen der Eltern für die Kinder nutzlos zu machen. Als einziges Lebewesen in der Natur ist sich der Mensch bewußt, jeden Augenblick tödlichen Gefahren ausgesetzt zu sein. Diese Gefahren muß er erkennen, aber er darf nicht den Kopf verlieren, sich nicht von Lähmung, Panik oder Verzweiflung packen lassen.

Es gibt zwei Arten, die Furcht zu bezwingen.

Die erste besteht darin, sie aus sich herauszuprojizieren, sie zu betrachten, zu ritualisieren, zu einem erhabenen, grandiosen Kunstwerk zu machen. Dies ist das Prinzip der Totenklagen, der Tragödien, des Melodrams, der Kriegsfilme, der sogenannten realistischen Chansons. Die zweite dagegen will die Furcht verharmlosen, sie lächerlich und grotesk erscheinen lassen. Auf diese Weise wird der potentielle Gesetzesbrecher in seinen eigenen Augen herabgesetzt

und kann »reintegriert« werden. Dies ist die Technik von Aristophanes, Rabelais, Molière, die Technik aller Komödiendichter.
Gibt es keine Schuldigen, so greift man auf den Mittelweg zwischen Komischem und Tragischem zurück, auf den Humor, der auf der Annahme des Unannehmbaren beruht. Er hilft uns, dem Schlimmsten und gleichzeitig Unausweichlichen mit einer gewissen Seelenruhe entgegenzusehen.

II

GEZWUNGENES LACHEN UND SARKASTISCHE TRÄNEN

Ob ein Scherz lustig oder erschreckend, amüsant oder empörend erscheint, hängt nicht immer von den Absichten seines Autors ab. Wir lachen heute über Witzeleien über das Schicksal, die Religion oder das Jenseits, die unseren Vorfahren morbid, unerträglich, unerlaubt vorgekommen wären. Molières *Menschenfeind* dagegen, über den die Zeitgenossen herzhaft lachten, stimmt uns melancholisch. Die erbarmungslose Komik der spanischen Schelmenromane erscheint uns manchmal ungeheuerlich... Anders gesagt, die Menschheit hat sich gegen die philosophische Verzweiflung gewappnet, ist aber gleichzeitig weichlicher geworden, was das Individuum angeht, empfindlicher für dessen physischen oder psychischen Schmerz.
Im *Goldenen Esel* des Apuleius findet sich eine unvergeßliche Stelle. Der junge Held kommt in eine fremde Stadt, wo man gerade das Fest des Lachens begeht, und wird zur Zielscheibe eines bissigen Spaßes, eines enormen kollektiven Schabernacks. Der einfühlsame lateinische Dichter gibt ein wunderbares Bild von der gewaltigen Erheiterung der Stadtbewohner einerseits und von dem Trauma andererseits, das sein Held erleidet. Für diesen ist der Ulk kein bißchen lustig, selbst als er begriffen hat, daß das Ganze »zum Spaß« geschieht.

Ein anderes Beispiel für die Relativität von Komik und Schrecken liefert Corneilles *Der Cid*. Für die adligen Querulanten, die einen Großteil der »Fans« des Dichters ausmachten, war die Lage Rodrigues wirklich tragisch: keiner von ihnen war sicher, nicht in eine ähnliche Situation verwickelt zu werden. Für den modernen Durchschnittsbürger dagegen stellt das Duell einen alten Zopf dar, Don Diègue wirkt einfach lächerlich, und das ganze Werk ist ein Aufruf zur Parodie.

Es kommt auch vor, daß der Autor die Zweideutigkeit bewußt bestehen läßt, daß er zwischen der entrüsteten Entlarvung des Bösen und der mißbilligenden Verspottung schwankt. Dies ist der Fall bei Céline, Gogol, Hugo, Dickens, Marcel Aymé. *Celestina,* das erste anerkannte Meisterwerk des spanischen Theaters, ist eine beängstigende Warnung vor verbotenen Liebschaften, gleichzeitig aber auch ein ergötzliches Porträt einer munteren Kupplerin. Hier, wie in *Der König amüsiert sich,* im *Revisor,* in *Tod auf Kredit, David Copperfield* oder *Der Weg ins Blaue (Le chemin des écoliers),* stören Lachen und Empörung einander keineswegs, sondern unterstützen und fördern sich gegenseitig.

III

DAS KOMISCHE, DER LUSTIGE BRUDER DES SKANDALS

Das Komische ist die natürlichste Form, die Urform des Lachens. Es entspricht einem Stadium der Entwicklung, in dem der Mensch mehr als soziales denn als individuelles Wesen reagiert. Hier gibt es kein Nachgrübeln über die *conditio humana,* keine metaphysischen Ängste, sondern nur das Bewußtsein, welche Gefahren für das Gemeinwesen, das Volk, die Rasse oder die Gattung gewisse Personen darstellen, die den herrschenden Regeln nicht entsprechen.

Es handelt sich also um eine gesellschaftliche Sanktion,

zunächst den Ausländer, den Fremdrassigen, den Neger oder den Ketzer betrifft, den Kolonisten oder Kolonisierten, intern aber auch gegen Andersgläubige, Individualisten oder Sonderlinge verhängt werden kann, sogar gegen Kranke, Behinderte oder Irre. Vor der Verfolgung, dem Scheiterhaufen oder dem Kreuz steht das Lachen also als »unentgeltliche Verwarnung«. Der Zuwiderhandelnde wird ermahnt, angeprangert, isoliert, dem öffentlichen Gespött preisgegeben und muß auf Schlimmeres gefaßt sein. Mit einem Wort, das Komische ist der lustige Bruder des Skandals. Nicht umsonst bedeutet im Französischen das Wort »drôle« komisch, auch seltsam, sonderbar, ungewöhnlich, beunruhigend, zweideutig, verdächtig, gefährlich.

Das Komische hat immer eine optimistische Dimension. Die Komödie geißelt bekanntlich die Sitten: *castigat ridendo mores*. Sie geht davon aus, daß der Mensch besserungsfähig ist und ihn die Furcht, lächerlich zu erscheinen, zu einer Änderung seines Verhaltens bewegt. Schlimmstenfalls kann sie immer noch als Ermahnung für Andersartige dienen: der Neger wird sich dann endlich entschließen, etwas weniger schwarz zu werden, der Deutsche und der Engländer, korrektes Französisch zu sprechen, anstatt es zu radebrechen ...

Das Komische ist nicht nur optimistisch, sondern auch gleichmacherisch, konformistisch und repressiv, heuchlerisch bieder, grundgemein und bewußt gewöhnlich. Daher seine Unbarmherzigkeit gegenüber den Schwachen, den Einfältigen oder den Helden und sein spöttischer, aber durchaus echter Respekt vor den Schlauköpfen, Filous, Halsabschneidern, Hochstaplern und Betrügern, sofern sie nur Erfolg haben.

Tatsächlich ist für die Gesellschaft nicht der Dieb gefährlich, sondern der Knauser, der seine Schätze hortet. Bespöttelt wird daher der Pfennigfuchser, Harpagon, Gogols Pljuschkin (in *Tote Seelen*), während man für Jakob-Israel (in der Bibel), Reineke Fuchs, Panurge, Figaro, Rameaus Neffen, Arsène Lupin oder die Panzerknacker schmunzelnde Sympathie empfindet, ein kaum verhohlene Einverständnis. Solche Leute bringen das Geld in Umlauf...

Im selben Sinne erntet der Hahnrei nur Hohn, denn es ist Sache des Mannes, seiner Frau Respekt beizubringen. Ein Ehemann ohne Autorität ist schuldig, seine Schwäche ist ein Verbrechen. Die Ehebrecherin dagegen wird zu sehr verachtet, um lächerlich zu sein. Selbst wenn man sie tötet, hält man sie nicht für wirklich verantwortlich. Sie ist eine Frau, sie kann nichts dafür...

Was den Liebhaber angeht, spielt er sein Spiel auf eigenes Risiko. Er muß sich durchwursteln, wie der Volksmund sagt. Er verkörpert eine Art immanenter Gerechtigkeit, er ist der Regulator im ökologischen Sinne des Wortes, der unerläßliche Feind, dessen Aufgabe es ist, das Zerbrechen unharmonischer Ehen zu beschleunigen, als mahnendes Beispiel für die anderen.

Im Bereich des Komischen ist Versagen unmoralisch und das Opfer immer selbst schuld. Wenn du nicht fähig bist, dein Hab und Gut zu wahren, bist du nicht würdig, es zu besitzen. Wenn du nicht fähig bist, deine Frau an die Kandare zu nehmen, bist du verächtlich.

Man kann sich in diesem Zusammenhang fragen, warum die Skatologie und die Obszönität als komisch empfunden werden. Ich glaube, weil auch sie eine Gefahr für die Gesellschaft darstellen. Ein Zusammenleben ist nur dann möglich, wenn die einzelnen einander ein Minimum an Achtung entgegenbringen können. Wer sich »schlecht benimmt«, erinnert die anderen daran, daß sie eigentlich Tiere sind und die Menschheit keineswegs eine Sonderstellung in

der Natur einnimmt. Wir wissen zwar alle, daß das so ist, aber keiner läßt sich gern daran erinnern. Die Scham ist, wie die Höflichkeit, eine notwendige Heuchelei.
Gesellschaftsbezogen und repressiv, ist das Komische seinem Wesen nach konservativ. Wenn es den Hahnrei verspottet, so um die Institution der Ehe zu verteidigen. Wenn es über habgierige Pfaffen und lüsterne Mönche herzieht, so um die Würde der Kirche zu wahren. Die ganze scherzhafte Literatur des Mittelalters ist antiklerikal, aber niemals antichristlich.

IV

DER HUMOR, DER LÄCHELNDE BRUDER DER ANGST

Beim Humor liegen die Dinge ganz anders. Ist das Komische der Bruder des Skandals, so ist er der Bruder der Angst. Er hat keinerlei Absicht, irgendetwas zu verbessern, die Übel, die er aufdeckt, sind unheilbar.
Im christlichen Abendland tritt er sehr spät auf, erst gegen Ende des 16. Jahrhunderts, in Verbindung mit der Reformation und dann der Gegenreformation, die beide der Lehre von der Erbsünde zentrale Bedeutung beimessen. Weit davon entfernt, eine englische Spezialität zu sein, ist er in allen deutschsprachigen Ländern verbreitet, in den slawischen und auch in Spanien. Mit den ersten Siedlern überquert er den Atlantik und entfaltet sich in der Neuen Welt. Was man fälschlich als den New Yorker jüdischen Humor bezeichnet, ist in Wirklichkeit der k.u.k.-tschechische Humor, den die jüdischen Auswanderer aus Mitteleuropa mitbrachten. Er hat mit der Bibel nichts zu tun.
Dagegen scheint er bei den Arabern und Schwarzen, die von Natur aus fröhlich, gesellig und lachlustig sind, noch unbekannt. »Humoristische« Scherze ärgern, schockieren und empören sie sogar. Es gibt jedoch einen taoistischen Humor in China und einen buddhistischen in Japan, die

sich jeweils auf dieselbe nichtanthropomorphistische Weltanschauung gründen und auf die heiter-bittere Gewißheit, daß der Mensch in dieser Welt nicht wirklich zu Hause ist. Außer seiner Verzweiflung unterscheidet sich der Humor vom Komischen dadurch, daß bei letzterem die Verletzung des Tabus auf seiten des Objektes erfolgt, während sie beim Humor durch das Subjekt begangen wird. Anders gesagt, in komischen Geschichten macht der Autor – im Namen der Gesellschaft – ein Individuum lächerlich, das ein Verbot mißachtet, während der Humorist sich selbst dieses Vergehens schuldig macht, wenn er frivol von Dingen spricht, die gewöhnliche Sterbliche zittern und beben machen. Für jedes Milieu, für jedes Volk, für jeden einzelnen gibt es Dinge, die »nicht zum Lachen sind«, wie man sagt. Der Humor besteht gerade darin, über diese nicht lachhaften Dinge zu scherzen, bewußt den grundlegenden Unterschied zu ignorieren zwischen dem, was gesagt werden darf, und dem, was nicht gesagt werden darf.

Die Lieblingsthemen des Humors sind der Tod, die Sinnlosigkeit des Lebens, die Nichtswürdigkeit des Menschen, die Erbärmlichkeit des Individuums, die Niederträchtigkeit der Macht, die Schweinerei der Geschichte, die Abwesenheit, Gleichgültigkeit oder Ironie der Götter. Wenn diese Gewißheiten einmal festgestellt sind, nützt es nichts, griesgrämig über sie nachzugrübeln. Entweder bringt man sich gleich um, oder man lebt mit ihnen, und in diesem Fall muß man sich wohl oder übel entschließen, über sie zu lachen. Das ist das Rezept von Beaumarchais' Figaro.

Die Grundlage des Komischen ist der Haß gegen das Anderssein, die Grundlage des Humors die Verachtung jeder Diskriminierung. Das Komische ist gesellig, volkstümlich und rassistisch, der Humor elitär, bitter und brüderlich, denn er geht von dem Prinzip aus, daß der Mensch überall der gleiche ist: ein gehetztes Tier, verkommen und jämmerlich. Im Humor findet sich wenn nicht Liebe, so jedenfalls Mitgefühl, das zwar oft herb und beißend sein kann, aber auch ermutigend, männlich, beherzt und letztlich bewegend ist, zumindest für jene, die es zu ertragen fähig sind.

Molière prangert den Heuchler als eine schuldhafte Ausnahme an. Für ihn ist Tartuffe ein unmoralischer, anormaler Mensch, der bestraft oder gezüchtigt werden muß. Dasselbe gilt für den Geizigen, den eingebildeten Kranken, den Bürger als Edelmann (ein Snob im ursprünglichen Sinn des Wortes), den Pedanten, die lächerliche Preziöse, den Blaustrumpf. Hier haben wir es mit dem Komischen zu tun. Swift dagegen nimmt den Menschen zur Zielscheibe, und darin liegt der Humor. Er enthüllt das Laster, die Gemeinheit, die Grausamkeit und grundlose Boshaftigkeit nicht als die Fehler einer Gruppe, eines Volkes oder eines einzelnen, sondern als Konstanten, als unveränderliche Charakterzüge der gesamten Menschheit. Das Beste in seinem *Gulliver* ist die köstliche Passage, in der er eine Handvoll seniler, bornierter, habgieriger und kindischer Unsterblicher in einem imaginären Land schildert, die ihre Ewigkeit damit verbringen, die glücklichen Sterblichen um ihr Los zu beneiden.

Der Humor ist also wesensmäßig kultiviert, nüchtern, hellsichtig, kühn, individualistisch, universalistisch und lästerlich, und die geistige Stärke eines Menschen läßt sich an der Anzahl der Dinge ermessen, die er mit Humor aufzunehmen in der Lage ist. Meister des modernen Humors sind Goethes Mephistopheles und der Jean-Paul Sartre von *Der Ekel*, ein in seinem Werk einzigartigen Buch, in dem er sich im voraus über all das lustig macht, was er in den kommenden Jahren sagen, schreiben und tun sollte, und den Humanismus der Volksfront ebenso heruntermacht wie das Engagement, die Verantwortung, das Recht auf Leben oder jegliche Hoffnung, sei sie nun metaphysischer, politischer oder sonstiger Art.

Man könnte sagen, daß der Teufel als stets verneinender Geist der König des Humors sei. Der liebe Gott dagegen, seinem Wesen nach Schöpfer und Erhalter, ist vielleicht unendlich gütig und mächtig, gnädig und barmherzig, aber mit Sicherheit unendlich humorlos.

Aus dem Gesagten läßt sich erraten, daß ich den Humor über das Komische stelle, wenn ich letzterem auch ziemlich zugetan bin. Eigentlich muß man beide kultivieren, wie ich es auch für notwendig halte, Hellsichtigkeit und Umgänglichkeit, Verzweiflung und gute Laune, Menschenfeindlichkeit und Menschenfreundlichkeit, Relativitätsbewußtsein und Erkenntnisdurst, Wissen um die Nichtigkeit allen Seins und Schöpferlust miteinander abwechseln zu lassen, wenn sie schon nicht in Einklang gebracht werden können. So betrachtet Schopenhauer, der einzig moderne Philosoph (mit Nietzsche) im wahren Sinn des Wortes, die gute Laune und die Heiterkeit als »Bargeld der Weisheit« (Aphorismen zur Lebensweisheit, 2. Kapitel).

V

DER ESPRIT, EINE BLASPHEMIE GEGEN DAS WORT

Es gibt eine besondere Form des Humors, Esprit genannt. Sie mag die Oberflächlichste sein, ist aber dennoch von Interesse. Nicht um Tod, Sex, Daseinsleere oder Abwesenheit Gottes geht es beim Esprit, sondern um die Sprache, um ihre Unvollkommenheit: witzelnd werden alle Mängel der Grammatik, der Syntax, des Vokabulars aufs Korn genommen. Man kann den Esprit als Antikabbala definieren, als Lästerung des Wortes.

Diese Lästerung wird von einfachen Gemütern und insbesondere vom religiösen Empfinden des Monotheismus als

besonders schockierend empfunden, und das aus folgendem Grund:
Als sich die Juden das Gesetz gegeben hatten, das ihnen die Anbetung von Götzen verbot, brachte sie das hartnäckige Fortbestehen abergläubischer Tendenzen in Verlegenheit, die es bei ihnen wie überall gab. Sie lösten das Problem, indem sie das mosaische Gesetz umgingen, und einen neuen Götzenkult erfanden, der nicht mehr auf Bildern und Statuen beruhte, sondern auf der fetischistischen Anbetung des Wortes, des Buchstabens, des Textes. Sie wurden zum Volk des Buches. In Anknüpfung an die urzeitliche Magie behaupteten sie, der kanaanistische Dialekt, den wir Hebräisch nennen, sei die *wahre* Sprache, jene, die Gott sprach und eigenhändig schrieb. In dieser Sprache, glaubten sie, habe alles, sogar Gott selbst, einen *wahren* Namen, furchterregend und magisch. Unter diesen Voraussetzungen war der Buchstabe des Gesetzes heilig, unendlich viel heiliger als seine Bedeutung, deren Interpretation sich im Verlauf der Geschichte so oft ändern sollte.
Dasselbe trifft für die Moslems zu. Weder die Türken noch die Iraner haben sich je erlaubt, den Koran zu übersetzen. In ihrem Fall spricht Gott Arabisch, und das heilige Buch des Islam ist von Ewigkeit her im Himmel geschrieben worden, in der Sprache der beduinischen Zeitgenossen Mohammeds. Der Prophet begnügte sich damit, ein Kapitel nach dem anderen »abzurufen«, je nach Bedarf...
Dieser seltsame Aberglaube ist nicht neu, sein Prinzip findet sich am Ursprung aller Kulturen. Wenn der verendende Drache in der isländischen *Edda* seinen Bezwinger nach dessen Namen fragt, gibt Sigurd ihm keine Antwort, aus Angst, das Ungeheuer könnte ihn namentlich verfluchen...
Ursprünglich ist das Wortspiel also kein Spiel, besser gesagt, es ist ein gefährliches Spiel. Es erscheint uns auch nur

in dem Maße lustig, wie es unsere Vorfahren erzittern ließ. Für den Wilden, den Unzivilisierten, den Gottesfürchtigen ist die Blasphemie ein Akt wie das Gebet. Es erregt Ärgernis, daß die Sprache irreführen kann. Und es ist ein Sakrileg, eine Schändung, ein Verbrechen, Ehrwürdiges und Ungebührliches, Obszönes und Geheiligtes in Zusammenhang zu bringen, mittels eines Homonyms, eines Schüttelreims oder einer Ähnlichkeit. Selbstverständlich amüsiert sich ein vorurteilsloser, zivilisierter, humorvoller Mensch darüber ungeheuer.

Halten wir fest, das das Wortspiel nicht immer nur *witzig* ist. Durch einen Kalauer kann der Geist auch, manchmal brutal, mit den niedrigsten oder tragischsten Aspekten des Daseins konfrontiert werden, was uns wieder zum Komischen und zum Humor zurückbringt.

Das ist aber noch nicht alles. Nicht nur mit Worten kann man spielen, sondern auch mit Sätzen, mit der Grammatik, der Logik. Wie man durch korrekte Anwendung der Sprachregeln zum Absurden, und wie man dagegen durch falsche Anwendung feststehender Redensarten dennoch zur Wahrheit gelangt, sind zwei wesentliche Träger des »geistreichen« Scherzes. Hier ein Beispiel für ersteren Fall:

»Papa, warum sind die schwarzen Pflaumen rosa?« – »Weil sie grün sind.«

Umgekehrt finden wir bei Sacha Guitry eine tiefsinnige Bemerkung, die jedoch auf einer flagranten Verwechslung von Wesentlichem und Zufälligem beruht:

»Die arme Kleine! Sie wollte doch wirklich tugendhaft bleiben... Aber leider hat sie einen Hahnrei geheiratet, sie kann nichts dafür!«

Wortähnlichkeiten, hinkende Vergleiche, trügerische Gegensätze, Scheinparallelen, spöttische Verwendung schematischer Formeln sind die Materialien des *homme d'esprit*. Wenn sich jedoch das verletzte Tabu nicht mehr im Bereich der Sprache, sondern der Logik situiert, kommen wir zum absurden Humor. Ein Beispiel dafür ist der Riese, der so riesig groß war, daß er sich bücken mußte, um sich am Kopf zu kratzen; oder der Zwerg, der so winzig klein war, daß er auf einen Stuhl steigen mußte, um auf den Boden zu spucken.

VI

DIE GRENZEN DES ESPRITS

Der Esprit erfordert, wie wir gesehen haben, eine gewisse Virtuosität, Einfühlungsvermögen in die Regeln der Sprache sowie Sinn für deren Schwachstellen. Dagegen verlangt er keinerlei Sensibilität, Tiefsinn oder Intelligenz. Ein *homme d'esprit* spezialisiert sich sehr bald auf sein Talent, er fängt an, als mondäner Possenreißer zu fungieren und wird von seinen Freunden auch als solcher angesehen. Häufig oberflächlich, eingebildet und leichtfertig, wird er leicht angeberisch, empfindlich und eifersüchtig, denn seine Funktion zwingt ihn, unablässig zu brillieren, ständig die Aufmerksamkeit seiner Zuhörer auf sich zu lenken. Daher kommt, daß die witzigsten Menschen enttäuschen, wenn sie schreiben. Umgekehrt glänzt der Tiefgründige wenig in Gesellschaft, er erscheint oft schwerfällig, unbeholfen, bisweilen dumm.

Voltaire, der in seiner Zeit zweifellos der *homme d'esprit par excellence* war, ist ein unbedeutender Schriftsteller, ein Denker ohne Kühnheit, ein konventioneller Schauspieldichter, ein ungleichmäßiger, wenn auch manchmal amüsanter Erzähler. Er ist der berufene Plauderer und Polemiker, besser befähigt, die Ideen seiner Umgebung in pikanter Weise vorzutragen als eigene zu entwickeln oder zu vertiefen. Balzac dagegen interessiert den Leser für das, was er sagt, was er erzählt, für seine Phantasiegestalten, nicht für seine eigene Person. Nicht an ihn denkt man bei der Lektüre seiner Werke, sondern an seine Gestalten, deren Beziehungen zueinander und zu ihrem Milieu, an das, was ihnen widerfährt. Nicht der Autor kümmert uns, sondern die Welt, die er erschafft, bewegt, beseelt. Wenn er witzig ist, handelt es sich meist um den Witz seiner Geschöpfe. Sollte es ausnahmsweise sein eigener sein, ist er manchmal albern, naiv oder spießig und häufig geschmacklos ... Denn Balzac ist in erster Linie tiefsinnig. Er glänzt nicht, er beleuchtet, er reflektiert nicht, er strahlt aus. Er ist kein Echo, kein Spiegel, sondern ein offenes Fenster, ein Windstoß, ein Leuchten, eine Glut. Das Komische bei ihm und vor allem sein Humor sind unvergleichlich.

Frankreich hat allzulang als das Land des *esprits* schlechthin gegolten. Gott sei Dank hat es noch ganz anderes zu bieten. Rabelais, Racine, Saint-Simon, Victor Hugo, Balzac, Zola, Marcel Proust, Marcel Aymé, Céline und andere sind viel mehr und viel weniger als witzig in diesem Sinn.

Der Humor ist sonnig oder schwarz, der *esprit* funkelnd oder kaltschnäuzig. Man sieht, wo die wahre Größe liegt.

Quellennachweis

Der göttliche Gemahl, aus: Gripari, *L'arrière-monde et autres diableries,* Les Hautes Plaines de Mane 1972

Monsterchen, aus: Gripari, *Rêveries d'un Martien en exil,* Lausanne 1976

Der undankbare Bettler, aus: Gripari, *Rêveries d'un Martien en exil,* Lausanne 1976

Pops Leben und Geburt, aus: Gripari, *L'arrière-monde et autres diableries,* Les Hautes Plaines de Mane 1972

Gott, aus: Gripari, *Diable et autres contes de menterie,* Paris 1965

In der Haut eines anderen, aus: Gripari, *Rêveries d'un Martien en exil,* Lausanne 1976

Wer sind Sie, Herr Weihnachtsmann? Aus: Gripari, *L'arrière-monde et autres diableries,* Les Hautes Plaines de Mane 1972

Monolog eines Porträts, aus: Gripari, *Paraboles et fariboles,* Lausanne 1981

Die Verwechslung, aus: Gripari, *L'arrière-monde et autres diableries,* Les Hautes Plaines de Mane 1972

Die Berauschte, aus: Gripari, *Rêveries d'un Martien en exil,* Lausanne 1976

Der Zellenbefreier, aus: Gripari, *Rêveries d'un Martien en exil,* Lausanne 1976

Die Entlastungszeugin, aus: Gripari, *L'arrière-monde et autres diableries,* Les Hautes Plaines de Mane 1972

Der kleine Jehova, aus: Gripari, *Diable et autres contes de menterie,* Paris 1965

Aschenputtel, aus: Gripari, *Patrouille de conte,* Lausanne 1983

Lachen und Furcht, aus: Gripari, *Nouvelles critiques,* Lausanne 1987

Wir danken den Editions L'Age d'Homme, den Editions de la Table Ronde und Robert Morel éditeur für die freundliche Genehmigung.